평형추

# 평형추

듀나 장편소설

사다리를 타고 천국에 올라가야 한다면
나는 그 초대를 거절하겠다.

머세이디스 매케임브리지

# 차례

# 샌타테레사, 캘리포니아

"네 엄마는 별이 될 거란다."

회색 유니폼을 입은 남자가 아이에게 말했다.

아이는 남자가 내민 나무 상자를 바라보았다. 하얀 뼛가루가 든 푸른 유리병이 그 안에 들어 있었다. 아이는 바지 주머니에서 왼손을 꺼내 검지 끝으로 병을 쓰다듬다가 상자를 고쳐 잡은 남자의 손목이 손을 스치자 전기충격이라도 받은 것처럼 움찔하며 뒤로 물러났다.

"엄마가 아니에요."

남자는 당황하며 병의 라벨을 확인했다. 아이의 엄마가 맞았다. 하지만 누가 알겠어. 가족마다 각자의 사연이 있는 법이다. 아이에겐 아까 자기를 데려온 다른 여자만 진짜 엄마인지도 모른다.

남자의 표정을 읽은 아이는 잽싸게 고개를 저었다.

"엄마가 아니에요. 그냥 재예요."

아, 꼬마 철학자로군. 아이 말이 맞다. 병 안에 든 건 그냥 몇몇 원소의 가루에 불과하다. 초신성에서 태어난 뒤 거친 몇십 억년의 역사에서 잠시 인간 몸의 일부였다는 게 어떤 대단한 의미가 있을까. 어차피 오늘 폭죽에 섞여 하늘로 쏘아 올려져 몇 초 동안 하늘을 장밋빛으로 물들이는 불꽃이 되고 공기 속에서 흩어져 다시 각자의 길을 가겠지.

아이의 다른 엄마가 왔다. 날렵한 몸매의 화려한 미인이었다. 배우라고 하던가? 하여간 유명한 사람이라고 하는데, 남자는 아시아 여자들의 얼굴을 잘 구별하지 못했다. 여자는 별다른 억양이 느껴지지 않은 영어로 남자와 짧은 대화를 나누고 태블릿에 서명을 했다. 뚜껑이 닫힌 상자는 화약 가루와 섞이기 위해 두 번째 방으로 들어갔다.

그날 밤, 요트에서 불꽃놀이가 시작되었을 때 아이 왼쪽 옆에는 죽은 엄마의 유령이 앉아 있었다. 그동안 비서 프로그램의 아바타에 조금씩 누적된 엄마의 말과 동작은 그 증강현실 유령이 마치 살아있는 것처럼 보이게 했다. 아이는 지금 밤하늘을 밝히며 흩어지고 있는 엄마의 뼛가루와 옆에 앉아 있는 유령에 대해, 엄마의 기억과 엄마가 쓴 책과 엄마가 남긴 영상에 대해 생각했다. 아이는 한때 죽은 사람의 정신을 이루고 있던 이 정보들이 서서히 흩어지고 흐려지는 광경을 머릿속으로 그렸다.

불꽃놀이도 엄마였다. 그 안에 잠시 엄마의 몸을 이루었던 가루가 들어 있었기 때문이 아니라 요트, 장례식, 불꽃놀이 모두가 죽은 엄마의 계획을 따른 것이었기에. 아이가 보는 건 죽은 엄마 정신의 연장이었다.

어느 누구도 이렇게 빨리 볼 거라고 예상하지 못했을 뿐이다.

# 벌새의 습격

탈칵, 탈칵. 탈칵. 닳아서 반짝거리는 5센트와 25센트 동전이 렉스 타마키의 왼손 위에서 춤추고 있다. 가볍게 꿈틀거리는 검지와 약지의 조종을 받는 이 얇은 금속판들은 마치 자기만의 의지를 가진 생명체처럼 날아오르고 회전하고 구르고 서로를 뛰어넘는다.

동전의 춤은 시작했을 때와 마찬가지로 갑자기 끝나버린다. 내 시선이 쏠려 있다는 걸 알아챈 타마키는 허공에 뜬 동전들을 가볍게 낚아채 바지 앞주머니에 집어넣고 나를 향해 씩 웃는다. 미소는 노골적으로 유혹적이다. 타마키는 동성애자가 아니다. 나를 도발하고 조롱하는 게 그냥 재미있는 거다. 머쓱해진

나는 시선을 돌린다.

비행기 내부는 조용하다. 맨귀에 들리는 것은 벽 너머에서 들려오는 가벼운 모터 소음뿐이다. 드러난 침묵은 사기다. 타마키 일당이 짓고 있는 음흉한 미소만 봐도, 그들이 서로에게 수다스러운 사일런트 메시지를 날리고 있다는 걸 알 수 있다. 그들은 나를 위해 채널 하나를 따로 열어두었지만, 방 안에 들어온 뒤로 나에게 말을 건 사람은 한 명도 없었다. 상관없다. 나는 그들의 시답잖은 농담 내용 따위는 알고 싶지 않다.

렉스 타마키는 고릴라처럼 근육이 터져나갈 것 같은 주변의 동료들에 비해 가냘파 보인다. 외모를 믿어서는 안 된다. 지금 시대에 근력은 근육량과 비례하지 않는다. 15년 전 올림픽에서 도핑 테스트에 걸려 금메달을 박탈당한 뒤로, 타마키의 육체는 끊임없이 개량됐다. 내 눈앞에 있는 것은 규칙을 따르지 않는, 규칙을 경멸하는 자의 몸이다.

머릿속의 알람이 22시를 친다. 앞으로 열여덟 시간 동안 곤달 쿼터의 사법권은 타모에 정부로부터 LK에게 이양된다. 이를 얻기 위해 지난 사흘 동안 내가 섬들 사이를 날아다니며 무슨 짓을 저질렀는지 말할 필요는 없으리라.

타마키와 일당들은 미리 약속이라도 한 것처럼 일어난다. 몸이 붕 뜨는 감각이 들고 내 앞의 금속 문이 빙빙 돌면서 열린다. 지금까지 곤달 쿼터 300미터 상공을 정지 비행하고 있던 허밍버드는 이제 엘리베이터처럼 하강하고 있다. 점점 커지는 둥근 문구멍 너머로 지저분한 플라스틱 상자들을 깔아놓은 것 같은 해변 마을이 보인다.

구멍이 커지고 비행기가 15미터 상공에서 속도를 줄이자 타마키 일당들은 한 명씩 점프한다. 그들은 덩치에 어울리지 않는 우아한 자세로 이곳저곳 지붕에 소리 없이 착지한 뒤 마을 사방으로 흩어진다. 나는 여전히 안전벨트에 의지한 채 의자에 앉아 마을을 바라본다.

문구멍을 통해 뜨거운 바깥바람이 안으로 들어온다. 바람에는 마을 냄새가 섞여 있다. 음식 냄새, 생선 냄새, 화장실 오물 냄새, 쓰레기 냄새, 사람 냄새. 저 대충 깔아놓은 상자 무더기들 안에서 수천 명의 사람이 숨 쉬고 먹고 싸고 자고 토하고 섹스하고 새

끼들을 만든다. 속이 울렁거린다.

"슬슬 놀아볼까, 맥?"

타마키의 목소리가 들린다. 웜을 통해 들려오는 목소리가 모두 그렇듯, 그 목소리는 주변 소음으로부터 어색하게 격리되어 있다. 신성을 잃고 괴상함만 남은 신의 목소리다.

눈앞에 증강현실 창이 켜진다. 마을 이곳저곳에 파란 점과 빨간 점들이 뜬다. 파란 점은 LK 보안부 요원들이고, 빨간 점은 한 달 전 팔라에서 도라민당 요인 세 명을 암살하고 얼마 전에 이곳으로 도주한 파투산 해방전선 일당들이다. 나는 스크린을 넘기며 파란 점들의 눈을 통해 현장을 점검한다. AK-1을 들고 파란 점을 겨냥하려던 빨간 점의 얼굴에 하얀 거품이 날아든다. 다른 파란 점을 향해 주먹을 휘두르던 빨간 점은 파란 점의 발길질 한 번에 뒤로 날아가 벽에 충돌한다. 빨간 점 하나는 이미 권총 총구를 물고 방아쇠를 당겨 얼굴 절반이 날아갔다. 파란 점 하나는 상어 떼처럼 달라붙는 아이들을 뜯어내고 있다.

나는 다시 증강현실 창으로 돌아간다. 이제 홀로 떨어져 있는 빨간 점은 하나도 없다. 그들은 모두 파란 점 옆에 붙어 있고 몇 초 전부터 노란 점이 찍힌 마을의 한 지점으로 이동하고 있다. 지금은 11시 13분. 타마키는 십오 분 만에 작전이 종결될 것이라 예상했다.

허밍버드는 문이 열린 채로 노란 점을 향해 움직인다. 그곳은 마을에서 광장 역할을 하는 작은 공터로, 날개를 접은 허밍버드가 간신히 착륙할 수 있을 정도이다. 우리가 내리자 사람들이 간신히 오갈 수 있는 좁은 통로만 한 공간이 주변에 남는다.

비행기에서 내린 나는 말라붙은 거품에 덮여 지저분한 얼굴로 구속 장치에 묶인 채 끌려 나오는 남자들을 무시하고 마지막 빨간 점이 멎어 있는 북쪽 건물로 걸어간다. 얼마 전까지만 해도 작은 짐승들처럼 고함을 질러대며 보안부 요원들을 물어뜯고 걷어차던 아이들은 무표정한 얼굴로 우리를 바라보고만 있다.

빨간 점이 있는 집의 문은 반쯤 열려 있다. 동료가 옆에 기우뚱 서서 현장 상황을 찍어 전송하는 동안, 타마키는 망치로 죽은 남자의 남은 두개골에 짤막한 파이프를 박고 있다.

"이래 가지고 뭔가 얻을 수 있겠어?"

내가 묻는다.

"죽은 사람들은 생각보다 많이 기억하니까."

무덤덤한 대답이 돌아온다.

나는 그들이 죽은 사람의 기억을 수거하도록 내버려두고 웜을 통해 들어오는 나머지 정보들을 검토한다. 체포된 테러리스트들의 기기 속에 있던 정보들이 수집되고 분류되고 정리된다. 나는 신경질적으로 손을 비비고 머리를 긁는다. 이처럼 많은 일이 벌어지고 있는데도 아직도 양손을 쓸 곳이 없다는 사실을 내 몸은 끝까지 이해하지 못할 것이다.

내가 찾는 정보들은 대부분 내부 스파이에 대한 것이다. 암살사건 자체는 우리가 알 바 아니다. 도라민 당원 대부분이 그렇듯, 죽은 사람들은 있으나 마나 한 허수아비들이다. 그들은 죽었을 때 가장 쓸모가 있다. LK가 사건 이틀 만에 암살자 두 명의 신원과 위치를 확인했음에도 지금까지 팔라 정부와 정보를 공유하지 않은 것에는 다 이유가 있었다.

보안부의 컴퓨터가 정리한 154인의 리스트가 뜬다. 그중 중요한 사람들은 서른 명 안팎이고 내가 이끄는 대외업무부가 관심을 가져야 할 이름은 아홉 명이다. 일곱 명은 LK의 중간 간부들이고 두 명은 파투산 시정부 공무원이다. 그들은 모두 관찰 리스트에 오른 채 방치될 것이다. 어차피 우리가 지금 얻은 정보의 가치 수명은 2주 안팎으로, 체포와 폭로 따위로 낭비할 시간은 없다.

요약된 정보를 보고서에 첨가해 대외업무부로 보낸 나는 리스트에 적힌 나머지 사람들의 이름과 사진들을 대충 훑어본다. 그들 대부분은 오늘 체포된 사람들의 친인척들이거나 그들이 포섭 대상으로 찍어놓은 사람들이다. 몇 명은 해방전선과 실제로 관련이 있을지 모르지만, 대부분은 그냥 이름만 확인하는 것으로 족하다.

리스트의 스크롤이 멎는다. 색인 창이 열리고 신상정보와 사진 자료가 뜬다. 지루한 헤어스타일에 그럭저럭 잘 생겼다고 할 만한 이십 대 후반의 남자다. 이름은 최강우. LK 스페이스의 평사원으로, 이 리스트에 이름이 오른 유일한 한국인이다. 내가 왜 이 사람의 정보를 저장해놓고 있었지. 나는 잠시 당황한다.

아, 맞아. 이제 기억이 났다. 그 수염을 안 지운 한국인 녀석.

## 적당히 수상쩍은 신입사원


최강우를 처음 만난 곳은 파투산 지하 17층에 있는 카페테리아였다. LK그룹 창립 232주년 행사를 여기서 하겠다고 로스 리가 와 있던 때라 모두가 죽도록 바빴다. 간신히 짬을 낸 나는 로스 리도, 한수현도 보이지 않는 곳에 숨기 위해 밑으로 내려갔다. 시 전체를 연결하는 에스컬레이터의 폭포를 타고 한없이 내려가다 보니 사원용 카페테리아가 나왔다.

안은 서울과 전주에서 실어온 신참 테키들로 부글거렸다. 여자건 남자건, 모두 비슷한 정장 차림이었고 비슷비슷하게 깔끔한 얼굴을 하고 있었다. 유닛별로 테이블 하나씩을 차지한 그들은 비슷한 메뉴의 식

판을 놓고 점심을 먹고 있었는데, 심지어 수저와 젓가락을 놀리는 손동작도 같은 리듬을 따르고 있는 것처럼 보였다. 모두 새로운 환경에 조금씩 주눅이 들어 있거나 겁을 먹고 있었다.

내가 최강우를 눈치챈 건 순전히 수염 자국 때문이었다. 카페테리아의 한국 남자 중 얼굴 제모를 하지 않은 사람은 그 친구 하나밖에 없었다. 나에게 그건 초라한 자존심의 흔적처럼 보였다. 매일 면도하는 수고를 견디면서 기르지도 않는 수염을 고집하는 이유가 뭐겠는가. 자기가 아직도 사내꼭지라는 시위가 아니겠는가.

일단 얼굴이 눈에 뜨이자, 다른 면도 눈에 들어왔다. 앞에서도 말했지만 최강우는 그럭저럭 잘생긴 편이었다. 하지만 옆에 앉은 동료들처럼 단정한 외모는 아니었다. 얼굴은 좌우대칭이 그리 잘 맞지 않았고, 피부는 거칠었으며, 커다란 눈과 입은 굶주려 보였다. LK가 좋아하는 얼굴은 아니었다. 고객 담당 업무를 맡을 가능성은 없었다.

호기심이 당긴 나는 그 얼굴을 스캔해 신상 정보를 확인했다. 경력은 초라했다. 학벌은 별 볼일 없었고 학교 성적도 시원치 않았다. LK에 세 번 지원했다가 붙었는데, 놀랍게도 마지막 시험 성적이 2등이었다. 회사에서도 이게 수상쩍다고 생각했는지 고강도 면접시험이 추가되었고, 최강우는 이를 통과했다. 사연이 궁금했지만 일부러 뒷조사를 할 정도는 아니었다. 나는 신상 정보를 일단 윔에 저장해두고 그냥 잊어버렸다.

그러다 8개월이 지난 뒤, 그 이름이 갑자기 파투산 해방전선 암살자들의 기억장치에서 튀어나온 것이다.

다시 허밍버드로 돌아온 나는 의자에 앉아 안전벨트로 몸을 조이고 윔이 보내온 최강우에 대한 정보들을 검토한다. 자료 대부분은 LK에서 일하는 직원들 중 포섭 대상을 물색하고 있던 Z. S.라는 이니셜로 지칭되는 인물이 쓴 것인데 두서없고 산만하다.

보고서에 따르면 Z. S.는 최강우를 2개월 전 주얼강 하구 근방에서 만났다. 최강우는 버려진 콜라 캔 위에 앉아 있는 에메랄드 호랑나비를 찍으려 진흙탕에 들어갔다가 오도 가도 못하는 중이었다. Z. S.는 곤경에 빠진 최강우를 진흙탕에서 끌어내 주었고, 같이 저녁을 먹었다. 다음 날, 최강우는 포섭 대상 리스트에 올랐다. 이유? 보고서의 단순명쾌한 논리에 따르면 최강우는 나비를 좋아하기 때문에 환경주의자였고 모든 환경주의자는 반기업주의자였다. 파투산 궤도 엘리베이터 건설 계획이 오히려 환경주의자들의 옹호를 받고 있다는 사실이나, 최강우가 LK라는 대기업에 들어오기 위해 발악했던 3년간은 가볍게 무시되었다. 그런 걸 신경 쓰는 건 윗사람들이 할 일이었다. 리스트에 한국인 정직원의 이름을 올리는 것이 더 중요했다.

그 뒤로 Z. S.는 최강우와 꾸준히 접촉한다. 가끔 숙소에 놀러가고, 파투산의 나비 수집가들과 환경운동단체 사람들을 소개시켜준다. 그들 중 몇 명이 해방전선의 간부라는 것은 말할 필요도 없다.

포섭 노력은 한 달간 지속되다가 흐지부지해진다. 그들은 여전히 정직원 포섭의 희망을 버리지 않지만, 최강우는 그들이 생각했던 목표가 아니다. 모범적인 LK 사원이 해야 할 일만 하고, 조금이라도 화제가 어긋날 것 같으면 잽싸게 자리를 뜬다. 마지막 보고서에 따르면 해방전선은 그 태도뿐 아니라 기껏해야 인턴보다 조금 나은 직위에도 실망한 것 같다. 당연히 그들은 더 높은 자리에 있는 사람이라 생각했다. 최강우는 입사 동기들보다 다섯 살은 위였고 그보다 더 나이 들어 보였다.

이제 어떻게 할 것인가. 최강우와 Z. S.와의 관계를 역이용해 해방전선에 침투하는 방법도 있다. 하지만 그게 무슨 의미가 있는가. 지금 가진 정보만으로도 Z. S.의 신원을 알아내고 이를 통해 윗선을 파헤치는 건 식은 죽 먹기다. 이런 일을 시키려고 훈련받지 않은 사원을 침투시키는 건 옛날 스파이 소설에서나 먹히는 이야기다.

나는 최강우를 내버려두기로 한다. 이 모든 건 쓸모없는 부가 정보에 불과하다. 이와 관련된 정보는 대외업무부를 벗어날 이유가 없다. 정 미심쩍다면 인터뷰 한번 신청하면 된다. 하지만 이따위 일로 그렇지 않아도 험악할 신입 사원의 앞날을 가로막을 이유는 없다.

# 파투산

브라이얼리 제도 끝에 솟아 있는 십자가 모양의 작은 섬나라. 그럭저럭 빽빽하지만, 생물학적 다양성은 한심하기 짝이 없는 열대림, 섬 중심에 있는 쓸데없이 높은 사화산, 아까운 줄 모르고 지하수를 뽑아 쓰다 지반이 무너져 진흙탕 속에 잠겨버린 마을과 도시들. 그리고 아름다운, 정말로 아름다운 나비들.

LK가 정복하기 전, 파투산은 그런 곳이었다.

15년 전 LK가 파투산에 궤도 엘리베이터를 세운다는 계획을 발표했을 때, 사람들의 반응은 왜 그런 쓸데없는 짓을 하느냐는 것이었다. LK는 이미 궤도를 도는 스카이후크로 매일 서너 대씩 우주선을 궤도와 궤도 바깥으로 날려 보내고 있었다. 그것만으로도 사람들이 진정한 우주 시대가 왔다고 믿기에 충분했다. 스카이후크는 상대적으로 만들기 쉽고 가볍고 재미있고 빠르다. 그에 비하면 거대하고 둔하고 느린 궤도 엘리베이터는 비행선 같은 과거의 몽상처럼 보였다. 아름답고 장엄하지만 굳이 만들 필요는 없는.

사람들이 몰랐던 것은 LK의 스카이후크가 발전을 거듭하는 동안, 궤도 엘리베이터를 세울 수 있는 기술적 기반이 조금씩 쌓여가고 있었다는 것이다. 궤도 엘리베이터는 이제 옛 SF 작가들의 망상이 아니었다. 충분히 만들 수 있고 수익을 낼 수 있는 현실 세계의 구조물이었다.

그리고 원래 인구 3분의 2가 인근 두 섬나라로 흩어져 거의 폐허가 된 왕년의 휴양지만큼 이 계획에 어울리는 곳이 있을까?

파투산은 지금 지구의 관문이다. 정지위성에서 양쪽으로 늘어뜨린 한 가닥 거미줄은 파투산에 닿기 한참 전부터 자기 역할을 하고 있었다. 섬에 닿은 뒤로 거미줄은 조금씩 수를 불리고 넓어지고 굵어지고 길어지고 복잡해지고 있다. 섬의 공장은 끝없이 우주로 가는 길을 만들어내고 있고 그 작업은 회사가 살아있는 한 멈출 계획이 없다.

그 공장을 중심으로 파투산은 살아나고 있다. 한때 4천 명까지 줄었던 인구는 지금 89만으로 늘었다. 해변에 새 항구와 공항이 생겼고 궤도 엘리베이터와 닿아 있는 산 정상과 이들을 잇는 길쭉한 새 국제도시가 건설되었다. 전 세계에서 몰려든 수많은 사람이 우주로 가는 길을 닦고 있다.

모두가 만족할 수는 없다. 파투산은 이제 일개 다국적 기업의 소유물이다. 정부는 껍데기만 남았다. LK가 아무리 돈을 펑펑 뿌려도 원주민들은 여전히 불만이다. 이들 대부분은 새 도시의 시스템에 끼지 못하는 소수로 전락했다. 오래전 팔라와 타모에로 달아난 사람들은 보상금도 챙기지 못했다. 세 개의 섬 어딘가에서 파투산 해방전선이 태어난다. 폭탄이 터지고 사람이 죽는다. 의외로 이들의 두둑한 주머니는 마를 줄을 모른다. 이들을 지원해 한몫 챙기려는 무리들이 달라붙은 것이다.

그들을 다루는 게 나의 일이다.

나는 책상 앞 스크린으로 시선을 돌린다. 세 개로

쪼개진 화면에서 세 개의 얼굴이 나를 바라보고 있다. 중앙에 있는 갸름한 얼굴은 현 LK의 회장인 로스리다. 20년 전까지는 전 세계에서 가장 창의적인 엔지니어였다. 엘리베이터의 기반이 되는 LK튜브의 대량 생산이 가능했던 것도 이 남자의 천재적인 아이디어 덕택이다. 하지만 지금은 회사가 재벌금지법을 피하려고 뽑은 허수아비다. 지금 이 시간엔 오페라나 발레를 보고 있어야 할 사람이 관심도 없는 사건을 보고받는 자리에 끌려와 있다. 왼쪽에 앉은 얄팍한 입술의 남자는 고 한정혁 회장의 아들이고 LK스페이스의 사장인 한수현이다. 벌써부터 LK그룹의 실질적인 두목이 되었다고 믿고 있지만, 아직 멀었다. 오른쪽에 앉은 사람은 니아 압바스 시장이다. 파투산에서 총리 다음의 실권자다. 하지만 파투산 정부의 모두가 LK로부터 봉급을 받고 있는 지금 이 상황에서 그게 무슨 의미가 있는가.

"두 시간 전에 암살 용의자들이 팔라에서 체포됐습니다."

내가 말한다.

"우리 측에서는 정보를 제공해주지 않았습니다. 팔

라 경찰이 우리가 생각했던 것보다 유능했거나 인도
네시아 정보부가 개입한 것이겠지요. 곤달 쿼터의 일
당들을 지원한 것도 인도네시아 정보부 쪽이었을 수
있습니다. 이틀 내에 확인할 수 있습니다.

리스트에 오른 사람들에겐 모두 감시가 붙었습니
다. 심문은 무의미합니다. 각각의 사람들은 아는 게
별로 없습니다. 몇몇은 알고 있다고 착각하고 있지만
그럴 정도로 조직이 헐겁지는 않아요. 일단 손발이
되어 움직이는 걸 봐야만 해방전선의 전체 시스템이
어떻게 움직이고 그 위에 뭐가 더 있나 알 수 있어요.
곤달 쿼터에서 일어난 일을 그쪽에서 어떻게 해석하
느냐는 중요하지 않습니다. 어느 쪽이건 우리는 추가
정보를 얻을 수 있을 겁니다."

"꼭 그렇게 해야 했습니까? 팔라와 타모에 정부쪽
에 정보를 주고 협조를 요청할 수는 없었습니까?"

로스 리가 말한다.

"어차피 누군가 손에 피를 묻혀야 했습니다. 그럴
바에는 우리가 묻히는 게 낫지요. 이 모든 건 적법한
절차를 통해 진행되었습니다. 우린 전 지구적 테러를
저지를 수도 있는 광신자들을 막았습니다. 그 와중에

아무도 안 다치는 건 불가능해요. 누군가 죽을 수밖에 없습니다. LK는 그 어쩔 수 없는 상황에서 약간의 이득을 취했을 뿐입니다. 이걸 이기적이라고 할 수 있을까요? 지금 타워는 인류의 가장 중요한 재산입니다."

한수현은 희미하게 웃으면서 고개를 끄덕인다. 곤달 쿼터에서 벌어진 살인 행위에서 자신의 권력을 느끼는 거다. 이 모든 일은 한수현이 책임을 지고 서명했기 때문에 가능했다. LK가 저지른 살인 때문에 로스 리가 불편함을 느낄수록 한수현의 입장은 유리해진다.

시장이 대외업무부가 만든 보도자료를 물고 늘어지면서 이야기는 지루해진다. 나는 이미 준비한 대답을 건성으로 읊으며 퇴장을 준비한다. 멋진 마지막 말이 필요하다. 로스 리와 한수현이 나를 얕보지 않게 할 만한.

시야 왼쪽에 알람창이 뜬다. 무심코 첫 문장을 읽은 나는 어리둥절해진다.

"데이먼 추, 반다르스리브가완의 H&H 창고임대사 방문."

# 대충 존재하는 남자

데이먼 추는 7년째 LK스페이스의 대외업무부에서 일하고 있다. 한국계 어머니와 중국계 아버지를 둔 샌프란시스코 출신의 미국인. 서른다섯 살이고 독신이다. 반다르스리브가완에서는 4년째 근무 중이다.

여기서 누락된 사소한 문제점은 데이먼 추가 실제로는 존재하지 않는다는 것이다.

위의 문장에는 어떤 아이러니도 담겨 있지 않다. 자연인 데이먼 추가 실제로 존재하느냐는 중요하지 않다. 존재 유무와는 상관없이 있으나 마나 한 이 남자는 LK그룹에 고용된 수많은 재택근무 사원들처럼 완벽하게 자기 업무를 수행하고 있다. 어떤 때는 몸이 있는 동료들보다 더 쓸모 있기도 하다. 이들은 회사 업무를 방해하는 어떤 종류의 의견도, 의지도, 욕망도 없다. 어디든지 보낼 수 있고 언제든지 버릴 수 있다. 심지어 정치적 상황이 고약해지면 죽일 수도 있다. 다른 사람들의 의견은 어떤지 모르겠지만 적어도 내 생각엔 누군가의 죽음이 필요할 때 진짜 사람을 죽이지 않아도 된다는 건 장점이다. LK스페이스만 해도 이런 허수아비들이 열일곱 명이나 되고 그룹 전체에는 더 많을 것이다.

데이먼 추는 나와 한정혁 회장의 발명품이다. 나는 이 허수아비를 회장과 나 사이에서 태어난 아들이라고 생각하길 좋아한다. 외모 정보를 만들 때 나는 실제로 나와 한 회장의 외모를 30퍼센트씩 섞었다. 반반씩 넣는 것도 가능했겠지만 그건 좀 징그러운 것 같았다. 우리는 이 남자를 사소하지만 귀찮은 법적 문제를 쉽게 해결하기 위한 일회용 해결책으로 만들어 책임을 떠넘겼고 그 문제가 끝난 뒤엔 LK그룹의 혈관 속을 떠돌게 내버려두었다. 그동안 데이먼 추는 15만 국제크레딧과 약간의 부동산 그리고 H&H의 컨테이너 하나를 소유한 제법 그럴싸한 존재로 성장해갔다. 회장이 죽었고 이 남자에 대해 온전히 아는 사람은 나밖에 없으니 이 재산은 내 것이었다. 나는 데이먼 추가 회장으로부터 물려받은 유산이라고 멋대로 생각해왔다. 지금은 바빠서 내 월급도 쓰기 어렵지만 다 합쳐 21만 국제크레딧의 여윳돈이 있는 건 좋은 일이다.

그런데 이 존재하지 않는 남자가 H&H를 방문해 내 물건을 멋대로 꺼내 간 것이다.

당황한 나는 H&H에 연락한다. 유감스럽게도 내가 얻을 수 있는 정보는 알림 창에 뜬 게 전부다. 이전 같으면 반다르스리브가완 경찰 내부 친구의 도움을 받을 수 있겠지만 몇 년 전 경찰 시스템 전체를 AI가 관리하게 된 이후로는 이것도 어렵다. 다른 방법이 뭐가 있을까. 잠시 머리를 굴리던 나는 파투산에서 일하는 사원 중 지금 그 도시에 있는 사람이 누가 있는지 검색한다. 정말 사원 중 누가 그랬을 거라고 믿어서 그런 건 아니다. 시작점을 거기로 잡았을 뿐이다.

휴가 받아 같이 놀러 간 다섯 명의 이름이 뜬다.

최강우도 그중 하나다.

나는 최강우가 머물고 있는 호텔 위치를 검색한다. H&H에서 500미터도 떨어져 있지 않다. 폰에 메시지를 보내 위치를 확인한다. 최강우는 H&H에서 100미터 지점에 있고 호텔 쪽으로 걸어가고 있다. 가져간 건 주머니나 가방에 넣을 수 있는 작은 물건이다. 뭐지? 에르제가 사인한 〈땡땡〉 포스터는 아니다. 다행이다. 그건 진짜로 누구에게도 줄 수 없는 내 것이니까. 그 외엔 뭐가 있지? 약간의 현금, 약간의 고가구들, 바티칸 파산 때 익명으로 구입한 진위가 의심스러운 아람어 예언서, 회장이 자식 누구에게도 물려주고 싶지 않았던 음란한 미술품들, 앞으로 11년 동안 들통 나지 않으면 모두에게 좋지만 그렇다고 없앨 수도 없는 불법 행위 증거. 거긴 내 무기고이기도 하다. 반다르스리브가완까지 가서 그것들을 휘두를 일 따위는 없겠지만.

최강우가 어떻게 데이먼 추의 정보를 갖고 있는 거지? 정보가 누출되는 것 자체는 안타까운 일이지만 있을 수 있는 일이다. 세상에 완벽한 비밀 따위는 없다. 하지만 왜 데이먼 추인가. 이 허수아비의 비밀은 너무 깊이 묻혀 있고 그에 비해 별 쓸모가 없다. 인도네시아 경찰이 창고를 찾아낸다면 다들 귀찮아지겠지만 이미 죽은 사람들에게 떠넘기면 그만이다. 무엇보다 데이먼 추의 정체를 밝혀낼 만한 정보력을 가진 누군가가 그 사실을 이런 식으로 서툴게 노출시킬 이유는 없다.

나는 최강우의 정보를 다시 확인한다. 고아다. 어머니는 17년 전 북미 백인우월주의자들이 만들어 아시아와 아프리카에 뿌린 십자군 바이러스의 희생자 중 한 명이었고, 아버지는 8년 전 등반 사고로 죽었다. 가족으로는 두 살 위의 누나가 전부다. 누나는 4년 전에 아지키웨 병을 앓아 죽을 뻔했다. 치료비는 보험으로 커버되었지만 완치되어 원래 궤도로 돌아가려면 상당한 돈이 필요하다. 아, 최강우의 아버지는 LK와 갈등이 있었다. 개인 발명가가 대기업에게 잡아먹히지 않으면 에이전시에 가입해야 한다는 당연한 교훈을 일깨워주는 흔한 사연이었다. 최강우 아버지의 발명품은 지금 파투산 하늘 위를 기어 올라가는 스파이더에 전력을 제공해주는 수천 개의 부품 중 하나다. 경찰은 아버지의 죽음이 사고가 아닌 자살일 수도 있다는 가능성을 검토했지만 깊이 파지는 않았다.

죽은 아버지의 복수를 위해 LK에 위장취업하는 남자. 옛날 한국 드라마에 나올 것 같은 이야기다. 하지만 이 정도로 공개된 정보라면 당연히 인사팀에서도 모를 수 없다. 고강도 추가 면접이 있었다. 심리 검사와 거짓말 테스트도 받았다. 갑작스럽게 오른 입사 성적에 대한 조사도 있었다. 회사는 내가 아는 모든 것, 아니, 그 이상을 알고도 최강우를 받아들인 것이다.

음모를 꾸미는 건 해방전선이 아닌 회사인 걸까? 이 모든 수상쩍은 개인정보가 조작된 미끼라면? 회사가 처음부터 해방전선을 낚기 위해 이들을 조작했다면? 그럴 리는 없다. 이런 일에 대한 정보가 나를 건너뛴다는 건 있을 수 없다. 하지만 정말 그렇다면? 위에서 내가 모르는 음모가 진행되고 있다면? 나 역시 데이먼 추처럼 소모품에 불과하다면? 내가 그 허수아비보다 나을 게 뭔가. 3개국에 전과 기록이 남아 있는, 가족도 친구도 없는 무국적자. 그나마 나에게 안전망을 제공해주었던 한 회장은 2년 전에 죽었고 나를 대신할 사람은 얼마든지 있다. 그룹 내의 누군가가 나를 한 회장이 묻히고 떠난 똥 찌꺼기 정도로 여기고 제거할 계획을 품을 가능성은 얼마든지 있다.

잠시 머뭇거리던 나는 아파트를 떠난다. 밖으로 나와 산중턱에서 흘러내리는 빛나는 폭포와 같은 파투산 시를 올려다본다. 최강우의 아파트는 150미터 위, 700미터 떨어진 곳에 있다. 나는 도시 전체를 연결하는 에스컬레이터를 타고 위로 올라간다.

나는 만능열쇠로 문을 열고 최강우의 아파트로 들어간다. 텅 빈 호텔 방 같다. 한쪽 벽을 채운 텔레비전, 침대, 소파, 다탁. 책상, 의자, 벽장이 전부다. 그나마 공간에 주인의 개성을 심어주고 있는 것은 책상 위에 놓인 도자기 성모상과 가족사진이 전부다. 어린 시절 최강우인 것 같은 남자아이, 아버지와 누나로 추정되는 두 명. 잘생겼지만 어딘가 어설픈 최강우와는 달리 누나는 정통적인 미인으로 성장할 가능성이 보인다. 궁금해서 최근 사진을 검색해보니 정말 그렇다.

나는 의자에 앉아 텅 빈 아파트 안을 둘러본다. 눈을 감고 이 안에서 잠을 자고 텔레비전을 보고 잡무를 처리하는 최강우의 모습을 상상한다. 벽장에 남아 있는 몇 안 되는 옷가지에 코를 들이대고 남아 있는 체취를 맡는다. 갑자기 내 인생에 나타난 이 남자의 존재를 읽으려 시도한다.

그냥 떠날 수도, 만만히 당할 수도 없다. 어떻게든 정체를 알아내야 한다. 그것도 최대한 빨리.

# 나비와 궤도 엘리베이터

"세케와엘 박사라고 했습니다. 그렇게만 기억해
요."

최강우가 말한다.

나는 팔짱을 끼고 등을 뒤로 젖힌다. 최강우는 몸
을 앞으로 수그리고 책상을 내려다본다. 걱정스러운
표정은 진짜 같다. 진짜가 아니라면 아주 정교한 연
기일 텐데, 이 녀석에게 그런 걸 배울 수 있었던 기회
따위는 없다.

"친구들은 잭이라고 불렀습니다. 세케와엘은 성이
었던 거 같아요. 전 이 동네 사람들 이름은 잘 모릅니
다만."

"뭐라고 접근하던가요?"

나는 최대한 덤덤한 어조를 유지하며 묻는다.

"곤충학자라고 했어요. 그리고 나비를 좋아하냐고 물었어요."

"좋아합니까?"

"뭐를요?"

"나비요."

"네, 좋아합니다. 하지만 채집하거나 그러지는 않아요. 나비 표본은 자연사박물관에서 얼마든지 볼 수 있으니까요. 전 살아있는 나비가 좋아요. 버터플라이와처죠. 파투산에는 일흔다섯 종의 나비가 있는데 그중 마흔두 종은 이 섬에만 살아요. 시간이 날 때마다 나비를 보러 갑니다."

"드문 취미군요."

"전 시골에서 살았어요. 그리고 숫기가 별로 없어서 친구가 많지 않았습니다. 벌레들을 보는 게 좋았어요. 특히 나비요. 곤충학자가 되고 싶었는데 그럴 여유가 없었어요. 집이 가난해서 빨리 돈을 벌어야 했지요. 하지만 그렇게 좋은 학생은 아니었어요. 관심 없는 일엔 제가 집중을 잘 못해요. 자잘한 것들을 얄팍하고 넓게 알지요."

"2등으로 들어오셨는데요?"

"누나가 아팠어요. 동기가 생겼습니다. 그리고 제가 합격했을 때 시험 절차가 저에게 유리했어요. 능력평등기준이 생겼어요."

"부친이 나쁜 일을 겪은 곳이었는데 왜 이 회사를 택하셨나요?"

"저 자신을 증명하고 싶었다고 할까요. 이 이야기는 면접관 앞에서도 했는데."

나비 이야기를 하는 동안 잠시 밝았던 최강우의 얼굴은 더 어두워진다. 걱정을 감추지 못하는, LK가 좋아하지 않는 얼굴.

"일은 잘해요. 부지런하고. 일에 대해서만은 눈치도 빠르고. 하지만 사교성이 없어 주변 동료들과 어울리지 못해요. 멍하니 있다가 엉뚱한 소리를 해서 분위기를 망치기 일쑤고. 팀 플레이어가 아니에요. 영월에서 아픈 누나 돌보며 재택근무나 해야 할 친구가 왜 파투산까지 왔는지."

최강우가 속해 있는 유닛의 리더인 하정래란 남자가 어제 나에게 한 말이다.

"재택근무로도 가능한 업무인가요?"

내가 물었다.

"그건 아닌데, 재택근무로 돌려도 상관없는 인재란 말이죠. 하지만 본인은 야심이 제법 있는 것 같더군요. 그리고 궤도 엘리베이터 자체를 좋아해요. 자기 업무 이외의 지식도 상당하고. 아, 나비도 좋아한다더군요. 나비와 궤도 엘리베이터. 그 두 개가 좋다면 사람 사귀는 게 싫어도 파투산에 있는 게 좋을 수도 있겠네. 승진은 어렵겠지만."

나는 헛기침을 하고 자세를 고쳐 잡는다.

"자칭 재커리 세케와엘 박사라는 그 인물은 파투산 해방전선의 스파이입니다. 다행히도 최강우 사원은 모든 면에서 올바르게 행동했습니다. 회사 기밀을 유출하지도 않았고…"

"기밀 같은 걸 알지 못하는 걸요."

최강우는 눈치 없이 끼어들며 내 대사를 망쳐놓는다.

"그보다 더 중요한 건 세케와엘 박사라는 그 남자가 아직도 자신이 발각되었다는 사실을 모르고 있다는 겁니다. 그렇기 때문에 최강우 사원은 우리 대외업무부의 중요한 자산입니다. 회사를 위해 얼마나 협조하실 수 있겠습니까?"

"하지만 전 스파이 같은 건 못하는데요? 제가 그런 걸 잘 못해요. 말도 서툴고, 사람도 잘 대하지 못하고."

"대단한 연기 같은 걸 하실 필요는 없습니다. 위험 부담도 없어요. 그리고 우리 쪽에 도움을 주시면 원하는 팀에서 일할 수 있게 해드리죠, 최상층은 어때요? 거기서 일하면 스파이더를 타고 스테이션과 평형추에도 갈 수 있어요. 여기 와서 우주에 가본 적 있습니까?"

나는 갑자기 밝아지는 최강우의 얼굴을 보고 속으로 웃는다. 그래, 이 친구야, 너는 스파이는 못하겠다.

모든 질문을 마치고 내가 태국 음식을 좋아하느냐고 묻자 최강우는 별생각 없이 고개를 끄덕인다. 나는 이틀 전 예약한 시암선셋의 창가 쪽 자리로 막 낚은 풋내기 테키를 데려간다. 파투산에서 가장 높은 곳에 있는 레스토랑. 날씨가 좋으면 섬의 3분의 1과 팔라섬의 끄트머리가 보이는 곳.

식사를 하는 동안 나는 최강우에게서 조금씩 이야

기를 끄집어낸다. 이 친구에게서 의미 있는 소재는 단 세 개다. 누나, 나비, 궤도 엘리베이터. 누나와 나비는 이해가 갔다. 하지만 왜 엘리베이터인가? 왜 LK 그룹 중 가장 들어가기 까다로운 LK스페이스를 선택해서 파투산으로 왔는가? 전부터 관심이 있긴 했는가?

"아버지의 발명품이 쓰이고 있어서인가요?"

나는 조심스레 묻는다.

"그렇기도 한데, 모르겠어요. 처음엔 그냥 그런 게 있다는 것 정도만 알았습니다. 만들어지면 우주 진출에서부터 기후 통제에 이르기까지 온갖 좋은 일이 생긴다는 것은 알았어요. 하지만 LK스페이스에 들어가겠다고 마음먹은 순간 갑자기 관심이 생겼어요. 문이 열리자 문 너머의 바닷물이 쏟아져 들어온 것처럼. 더 좋은 비유를 썼으면 좋겠는데, 제가 이런 것에 약해서."

"그래서 지금은요?"

"나비만큼 좋아요. 어떨 때는 나비보다 더 좋아요. 면접 때도 이 이야기를 했는데 다들 좋아하는 거 같았어요. 그 때문에 뽑혔을까요?"

술이 들어가자 온갖 이야기들이 쏟아져 나온다. 콘스탄틴 치올콥스키에서부터 미카 베텔로 이어지는, 궤도 엘리베이터와 엮인 수많은 과학자와 엔지니어들의 역사, 파투산의 역사, LK의 역사, 앞으로 일어날 찬란한 미래들. 너무 열정적이라 실수로 옛날 영화 속 한국 개신교 교회에 들어간 것 같다.

뭔가 아귀가 맞지 않는다. 나비와 궤도 엘리베이터를 모두 좋아할 수 있다는 것 자체는 이상하지 않다. 하지만 궤도 엘리베이터에 대해 이야기할 때 최강우는 조금 다른 사람이 된다. 나비 이야기를 할 때의 그 몽상적이고 멍한 느낌이 사라진다. 치밀하고 조직적이고 독단적인 또 다른 사람이 드러난다. 팔을 휘두르며 LK의 정책을 비난할 무렵에는 자기가 고참 엔지니어들을 꼬리처럼 따라다니는 말단이라는 사실을 깜빡 잊고 있는 것 같아 보인다.

나는 기분이 이상해진다. 이 남자의 말투와 태도는 은근히 익숙하다. 이 익숙함은 어디에서 오는가.

## 인간 미끼 사용법

　재커리 세케와엘 박사의 본명은 네베루 오쇼네시다. 팔라 출신이고 팔라, 아일랜드, 술라코의 국적을 갖고 있다. 최소한 세 개 이상의 추가 신분을 갖고 있고 이들도 각자 두 개 이상의 국적을 갖고 있을 것이다. 어떤 사람에겐 하나도 없는 국적이 누군가에겐 지나치게 많다.

　나비에도, 궤도 엘리베이터에도 관심이 없는 사람이다. 오쇼네시는 비엔티안에 본부를 둔 그린페어리라는 회사의 현장 직원이다. 이름만 들으면 고급 리큐어라도 팔고 있어야 할 것 같지만 사실은 경호회사다. 그것도 수면 위로 노출된 부분만 그렇다는 것이고 나머지 절반은 영리 스파이 조직이다. 산업 스파이 전문이지만 그린페어리는 고객을 가려 받지 않는다. 내가 이들에 대해 알고 있는 이유는 LK 역시 잠시 이들의 고객이었기 때문이다. 우리는 이제 이런 일에 외주를 주지 않지만 8년 전까지는 사정이 달랐다.

상황 자체는 크게 바뀌지 않았다. 해방전선에서 고용한 회사 이름 하나가 밝혀졌을 뿐이다. 굳이 최강우를 억지로 개입시킬 필요는 없다. 해방전선과 오쇼네시는 오래전에 이 초라한 남자에 대한 관심을 잃었다. 여기서부터 더 나아간다면 이건 순전히 내 개인적 호기심 때문이다. 그렇지 않은가?

그렇지 않다. 내가 최강우와 인터뷰를 한 지 꼭 사흘 뒤에 최강우의 메시지가 도착한다. 세케와엘 박사가 다시 파투산에 돌아왔다. 내일 약속을 잡았다. 어떻게 해야 하나.

이미 우리는 해방전선의 다음 행보를 계산했다. 곤달 쿼터의 습격 이후 이들은 우리와 그들의 정보력을 재점검했을 것이다. 우리가 오쇼네시와 최강우의 관계를 알아냈다는 것도 짐작했을 것이다. 이전까지 하찮았던 최강우의 가치가 상승한다. 우리가 최강우를 거쳐 오쇼네시를 이용할 수도 있다는 것을 알았기 때문에. 수많은 변수가 존재한다. 예를 들어 우리는 해방전선이 보는 앞에서 대놓고 그린페어리를 다시 고용할 수도 있다. 그리고 그게 해방전선의 목표인지도 모른다.

이 흐릿한 가능성의 안개 속에서 확실한 건 단 하나다. 최강우는 초대에 응해야 한다.

나는 정식 서류를 작성해 최강우를 대외업무부로 불러들인다. 대외업무부가 이름만 심심한 회사 첩보조직이라는 것은 파투산의 모두가 알고 있고, 우리가 최강우 같은 신참 테키를 불러들여야 할 그럴싸한 이유를 찾는 건 귀찮은 일이라 별다른 핑계를 만들지 않는다. 우리를 위해서도, 해방전선을 위해서도 쓸데없는 레이어는 최대한 줄이고 싶다. 최강우가 우리를 따라 나가자 누군가가 박자에 맞추어 책상을 툭툭 치며 익숙한 곡조의 노래를 휘파람으로 부른다. 본 사람은 없지만 멜로디는 다들 알고 있는 옛날 영국 스파이 영화 시리즈의 주제곡이다.

나와 내 직속 부하 미리암 안드레타는 번갈아가며 4분의 1로 압축한 정보를 최강우에게 전달한다. 그동안에도 음모의 층은 계속 증가하고 있어서 설명은 점점 빈약해진다. 하지만 이 임무를 위해 최강우가 알아야 할 정보의 양은 변하지 않는다. 쓸데없는 의심 품지 않고 우리가 시키는 대로 얌전히 따라하면 된다.

미리암은 작은 이어폰을 최강우의 귀 안쪽에, 카메라와 마이크가 달린 스티커를 흉물스러운 하와이안 셔츠에 붙인다. 회사가 공짜로 이식해준 웜에 직접 접속하는 방법도 있지만, 굳이 남의 뇌를 통해 일을 처리할 필요는 없다. 웜으로 직접 보는 것의 장점은 카메라를 통해 들어오는 시각 정보의 각도가 정확하다는 것뿐이다. 무엇보다 훈련받지 않은 협조자와 함께 일할 때는 어느 정도 심리적 거리를 두는 편이 좋다.

준비가 끝나자 최강우는 바깥으로 나가 에스컬레이터를 끝없이 갈아타며 천천히 해변으로 내려간다. 나와 미리암은 100미터씩 거리를 두고 따라가면서 시야 구석에 창 두 개를 열어 스티커 카메라와 본부에서 보내오는 영상을 띄운 뒤 가끔 훔쳐본다.

이미 섬의 CCTV와 보안 드론이 자칭 세케와엘 박사의 위치를 확보했다. 나는 모니터를 통해 해변 노점에서 산 밀짚모자를 쓰고 벤치에 앉아 무너진 도시의 폐허를 구경하는 키 작은 남자의 옆얼굴을 바라본다.

최강우가 도착하자 우리는 스티커의 카메라로 네베루 오쇼네시의 앞모습을 확보한다. 피부 밑에 성형 이식물이 들어 있어 필요할 때마다 몇 초 내로 외모를 바꿀 수 있는 전문 사기꾼의 얼굴이다. 아마 지문도 다섯 세트쯤 여분이 있을 것이다. 하지만 일단 정체를 확보하고 나면 이런 위장을 뚫어보는 건 어렵지 않다.

둘은 디아블로 망트가 담긴 스테인리스스틸 컵을 각각 하나씩 놓고 나비 이야기를 시작한다. 세케와엘 박사가 다시 섬을 찾은 건 아주 중요한 발견을 했기 때문이다. 박사의 친척이 최근에 죽어 박사가 유산을 상속받았는데 19세기 말 어느 폴란드인 선원이 프랑스어로 쓴 일기와 나비 수집품이 포함되어 있었고 그 중 하나는 20세기 초에 멸종된 종이었다. 상태가 아주 좋지는 않지만, 이 정도면 파투산 자연사박물관에서 DNA를 추출해 복원할 수 있을 정도는 된다. 멋진 일이 아닌가?

모두 거짓말이다. 표정 인식 프로그램은 오쇼네시가 암기한 대사를 읊으며 연기를 하고 있다는 사실을 밝혀낸다. 최강우의 얼굴에 고정되어 있다가 종종 여기저기 훔쳐보는 눈을 보면 우리가 감시하고 있다는 사실도 알고 있다. 가끔 일이 초 정도 시선이 스티커 카메라에 고정되지만, 거기에 카메라가 있다는 걸 알고 있는지는 알 수 없다.

오쇼네시는 가지고 온 표본을 보여주겠다며 일어난다. 최강우는 남자의 뒤를 따른다. 나는 창 두 개를 통해 쏟아져 들어오는 정보를 검토하며 뒤를 따라 걷는다. 이제 두 사람의 표정을 읽을 수 없기 때문에 행동 예측에 제한이 걸린다. 대외업무부의 AI가 예측 경로들을 알려준다. 지도가 뜨고 오쇼네시가 머무는 호텔 사이에 여러 개의 노란 줄이 쳐진다. 이전에 여러 차례 머물렀던 호텔이 아니다. 그러지 말라는 법은 없지만 그래도 전과 다른 모든 선택은 의심해봐야 한다. 노란 줄이 하나씩 줄어든다. 남아 있는 건 모두 호텔까지의 최단 거리가 아니다. 폐허와 바다를 조금 더 보고 싶은 모양이지. 있을 수 있는 일이다.

갑자기 노란 줄 하나가 바다 쪽으로 튀어 나간다. 줄이 닿는 곳에는 팔라에서 온 무인 위그선이 떠 있다.

탈출경로다.

생각도 하지 않았던 수많은 가능성이 튀어나온다. 지금까지 우리는 오쇼네시가 최강우를 우리의 졸로 보고 있다고 생각했다. 양쪽 모두가 상대방의 패를 읽고 있는 상황에서 우리가 보낸 미끼와 짧은 왈츠를 추고 보내줄 거라고 생각했다. 탈출경로는 이 당연한 가설에 맞지 않는다.

탈출경로가 아닐 수도 있다. 그냥 위그선 한 대가 잠시 내려 해변을 산책하는 관광객을 기다리고 있는 것인지도 모른다. 하지만 맞다면? 오쇼네시는 무엇을 계획하고 있는 것일까? 납치? 두 남자의 체격 차이, 그리고 우리의 감시를 알고 있다는 걸 고려하면 그건 말도 안 되는 소리다. 어떻게 위그선에 같이 탔다고 해도 파투산 경찰을 따돌리는 건 불가능하다.

노란 줄이 하나씩 줄어들고 탈출경로 줄의 폭이 점점 넓어진다. 이제 두 사람은 인적 없는 방파제 위를 걷고 있다. 상식적으로 생각했을 때 나는 기다려야 한다. 기다리면서 오쇼네시의 의도를 읽어야 한다.

"달아나, 멍청아!"

나는 고함을 지르며 두 사람을 향해 달려간다. 내

고함을 들은 미리암은 영문도 모른 채 같은 방향으로 달린다. 최강우는 내 고함 소리를 듣고 우뚝 멈추었다가 방향을 돌려 나를 향해 뛰기 시작한다. 오쇼네시도 뛴다. 왼손에 무언가를 들고 있다. 그냥 짧은 파이프처럼 보이지만 분명 흉기다. 아무리 총기 유입을 막아도 휴대용 프린터로 무기를 찍어내는 자들을 다 막을 수 없다.

최강우는 튀어나온 돌부리에 발이 걸려 우스꽝스러운 자세로 넘어진다. 오쇼네시는 쓰러진 남자의 엉덩이를 깔고 앉아 파이프를 들어 올린다. 나는 어깨를 겨냥하고 총을 쏜다. 총구에서 튀어나온 크롬 바늘 두 개가 어깨와 가슴에 박힌다. 오쇼네시는 경련을 일으키며 쓰러지고 파이프가 손에서 떨어져 바다 쪽으로 구른다.

최강우는 비틀거리며 일어난다. 갑작스럽게 일어난 폭력 사태에 넋이 나가 멍한 표정이고 왼쪽 입가에선 침이 흘러내린다.

폭음과 함께 바다 쪽이 밝아진다. 노란 탈출경로 끝에 닿아 있던 위그선이 폭발한다. 그와 함께 오쇼네시가 비명을 지른다. 오 초 동안 지속되던 비명은 시작할 때와 마찬가지로 갑자기 끝난다. 남자의 왼쪽 눈이 갑자기 충혈되고 피가 흐른다.

뇌 안의 무언가가 폭발한 것이다.

## 첫 번째 점검

"웜 추출기입니다."

나는 오쇼네시의 주머니에서 꺼낸 길쭉한 금속 도구를 꺼내 스크린 안에서 나를 노려보는 3인방에게 흔든다.

"바다에 떨어진 파이프도 회수했습니다. 총알 두 개가 든 전기총이었습니다. 대충 조립한 물건이지만 쓸 만했어요. 몸에 들이대고 쏠 생각이었을 테니 설계에 신경 쓰지 않아도 되었겠지요. 파이프총으로 최강우를 쓰러트리는 데에 십 초, 웜 추출기로 웜을 뽑아내는 데에 십 초에서 이십 초. 우리 팀은 눈에 띄지 않으려고 둑길 위로 올라가지 않았습니다. 삼십 초

안에 일을 마치고 달려가면 위그선까지 갈 수 있습니다. 물론 그걸로 달아나는 건 불가능하지요. 하지만 위그선 안의 다른 무언가로 뽑아낸 웜을 팔라까지 빼돌리는 건 얼마든지 가능합니다. 목적지가 팔라가 아닌 다른 곳이었을 수도 있지요.

"이십 초로 가능합니까?"

로스 리가 묻자, 나는 추출기의 버튼을 누른다. 추출기 안에서 화살촉 머리를 한 금속 뱀이 튀어나와 입을 딱딱거리다 들어간다.

"이십 초도 넉넉하게 잡은 겁니다. 왼쪽 눈에 박고 오 초면 충분합니다. 미리암이 아까 실험해봤습니다."

"도대체 왜 그랬던 겁니까? 심부름꾼이나 다름없는 말단 사원이었다면서요."

"맞습니다. 회사가 삽입한 웜을 체크해봤는데, 해방전선이나 다른 누군가가 원할 법한 정보는 단 하나도 없었습니다. 혹시 다른 웜을 뇌에 삽입했나 해서 확인해봤지만, 웜은 하나뿐이었습니다. 어떤 정보를 갖고 그런 짓을 저질렀는지 몰라도 그 정보는 잘못된 것이었습니다.

문제는 왜 그런 잘못된 정보를 받았는지 알 수 없다는 것입니다. 최강우 사원이 회사에 원한을 품고 있을 거라 추정하는 건 충분히 가능합니다. 하지만 뇌 안의 웜에 뭔가 쓸 만한 것이 들었다고 생각하는 건 전혀 다른 일입니다."

  "그 신입 사원이 다른 데에서 고용한 스파이였을 가능성은 없습니까?"

  한수현이 끼어든다.

  "회사에 들어올 때 강도 높은 테스트를 받았습니다. 아무래도 부친 사정이 있었으니까요. 스파이가 그 테스트를 통과하는 건 아주 힘들겠지만 불가능하지 않습니다. 하지만 그렇다고 해서 최강우 사원이 파투산에서 뭔가 의미 있는 기밀 정보를 훔칠 기회가 있었는가? 없었습니다. 무엇보다 입사하기 전에 스파이로 훈련될 기회가 없었어요. 드라마에 나오는 것처럼 복제인간을 만들어 바꿔치기를 한 게 아니라면요. 그것도 체크해봤냐고요? 정 궁금하시면 확인해보겠습니다. 이 상황에서는 죽이는 것 빼면 다 할 수 있으니까요."

  "그 세케와엘인가 오쇼네시인가 하는 사람은 왜 그

런 임무를 맡았을까요? 달아날 가능성은 없었다면서
요."

니아 압바스 시장이 말한다. 별 관심은 없지만 남
자들 사이에서 가만히 있기 싫은 모양이다.

"윔으로 조종되었던 것 같습니다. 이건 이제 SF의
영역이 아닙니다. 물론 윔만으로는 어렵습니다. 그
전에 심리조작 과정을 거쳐야 합니다. 윔으로 버튼을
누르면서 미리 입력된 프로그램을 자극하는 것이죠.
제가 알기로는 그렇습니다. 지금은 윔의 역할이 더
커졌을 수도 있는데, 많이 바뀌지는 않았을 겁니다.
다시 말해 오쇼네시는 성공 여부와 상관없이 뇌 속의
폭탄이 터져 죽을 수밖에 없었습니다.

이 남자를 죽인 게 해방전선인가, 다른 누구인가의
문제가 남는데, 전 후자 같습니다. 이후 해방전선의
반응을 보면 이들도 이 상황을 예측하지 못한 것 같
습니다. 다른 뻔한 임무를 주고 오쇼네시를 보냈는데
이 친구가 갑자기 미쳐 날뛴 것이죠. 어차피 해방전
선은 수많은 이권 세력들이 조종하는 도구에 불과합
니다. 무슨 일을 저질러도 이상하지 않지요. 단지 이
번엔 누군가가 해방전선을 통하지 않고 일을 저지른

겁니다.

다음 계획요? 일단 그린페어리 사람들과 접촉을 시도할 예정입니다. 그쪽도 직원을 잃었으니 기분이 좋지만은 않겠지요. 그린페어리가 직접 개입했을 가능성도 없지는 않은데, 아닐 겁니다. 제가 알기로는 오래 같이 일한 직원을 그렇게 대우하는 곳은 아닙니다. 사람을 풀어 오쇼네시의 동선도 검토해볼 예정인데 뭔가 나올지도 모릅니다.

최강우 사원 말입니까. 본인 동의를 받고 웜과 폰에 감시 장치를 깔았습니다. 이제 어디에 있는지 실시간으로 알 수 있고 우리 감시 없이 외부에 연락하는 것도 불가능합니다. 어차피 영월에 있는 누나 외에는 연락하는 사람도 없긴 합니다만."

별 의미 없는 추가 대화가 오간 뒤 3인방이 사라진다. 스크린 위에는 대폭발 전 옐로스톤 공원을 그린 거대하고 못생긴 유화가 뜬다. 볼 때마다 내 미감을 긁어대지만 나는 이 그림을 바꾸지 않는다. 나에겐 불편함의 자극이 필요하다.

나는 소파에 몸을 묻고 주변을 둘러본다. 베이지 벽지, 나무 사이로 바다가 보이는 창문, 현관문, 벽장과 욕실, 침실로 이어지는 갈색 문 하나씩. 지난 7년 동안 거의 변한 적 없는 광경이다. 시간이 쌓이지 않은 공간. 특별한 일이 없다면 다음 7년도 그럴 것이다.

나는 최강우의 위치를 확인한다. 병원에서 나와 지금 자기 아파트에 있다. 크기만 작을 뿐, 내 것과 별다를 게 없이 무개성적인 곳. 내가 전에 무단 침입한 뒤로 새 물건이 하나 들어오긴 했다. 벌거벗은 몸들이 뱀처럼 얽힌 계란 모양의 나무 조각이다. 12센티미터 높이의 이 음란한 물건은 지금 침대 머리맡에 있다. 그날 밤 최강우가 데이먼 추의 컨테이너에서 가져온 건 음탕한 계란과 8천 달러의 현금 다발이 전부였다. 도둑질이라고 하기도 그렇다. 그건 자신의힘을 실험하기 위한 일종의 테스트다.

혼란스럽다. 어느 기준으로 보더라도 최강우는 단순한 녀석이다. 단순하게 말하고 단순하게 생각하고 숨기는 게 없다. 인사팀의 거짓말탐지기 테스트를 그렇게 손쉽게 통과한 걸 보라. 보통 상황이라면 나와 얽힐 일도 없었다. 하지만 그 단순한 녀석이 갑자기 LK스페이스에 2등으로 합격해 들어와 나와 회장만이 알고 있는 비밀을 주무르고 있다. 가짜 세케와엘 박사를 조종한 그 누군가도 이를 알고 있는 게 아닐까?
사람들이 대충 넘어간다고 해도 AI의 패턴 인식 기능
은 놓치기 어려운 비정상의 안개가 이 단순한 녀석의
주변을 떠돈다.

　유령이야, 나는 생각한다. 뭔가가 저 녀석을 조종
하고 있어. 하지만 웜이 아니라면 그건 어디에 있는
거지.

## 초록 마녀와 데이트

팔라가 파투산의 똥통이라고 불렸던 때가 있었다. 자체 시스템이 만들어지기 전 파투산에서 나오는 쓰레기와 슬러지는 모두 그 섬에서 처리되었으니 잠시 동안은 맞는 말이었다. 하지만 같은 시기에 팔라는 파투산에서 소비되는 식재료 30퍼센트를 책임졌고 지금은 50퍼센트로 늘었다. 이쯤하면 긍정적인 새 별명이 나와도 될 법한데, 그런 걸 만드는 건 재미없는 일이다. 파투산의 슬러지를 받지 않는다면 팔라는 그냥 팔라일 뿐이다.

나는 페어몬트 호텔 21층 스위트룸에서 시내를 내려다보고 있다. 쌀과 채소, 과일, 연어육, 대구육, 단

백질 파우더, 기타 등등을 생산하는 정사각형의 공장들이 핵융합 발전소를 가운데에 두고 바둑판 모양으로 배치되어 있다. 시정부 건물들과 주택가가 있는 북부 해안과 주로 파투산 출신 사람들이 사는 서부 해안은 여기선 보이지 않는다. 거리만 따진다면 여기서 파투산은 서부 해안보다 가깝다.

모딜리아니 그림의 모델처럼 길쭉한 얼굴에 서글픈 표정을 얹은 수막 그라스캄프는 책상 앞 작은 나무 의자에 꼿꼿하게 앉아 네베루 오쇼네시와 관련된 경찰 파일을 읽고 있다. 그린페어리의 부사장이고 업계 사람들에게는 '초록 마녀'로 불리는 그라스캄프는 공식 경호업무가 아닌 거의 모든 회사 일을 도맡아 하고 있다. 그건 이 회사와 관련된 모든 수상쩍은 죽음과 실종에 직간접적으로 책임이 있다는 뜻이기도 하다. 하지만 이들과 회사의 연결선을 찾는 건 귀찮으면서 까다로운 일이고, 그린페어리의 손길을 거쳐 죽거나 사라진 자들을 그렇게까지 신경 쓰며 찾는 사람들은 없다.

그린페어리는 오늘 아침 완벽한 스토리를 파투산 경찰에 제출했다. 오쇼네시는 몇 달째 파투산 해방전선 소속 몇몇 요인들의 경호 임무를 수행 중이었다. 당신들이 뭐라고 생각하건 그들 역시 안전을 보장받을 자격이 있다. 왜 오쇼네시가 해방전선의 스파이로 활동했는지는 우리도 모르겠다. 우리는 이 일에 관여하지 않았다. 해방전선과는 오래전에 연락이 끊겼다. 경찰은 당연히 다 믿지 않았지만, 이들의 스토리는 디테일 하나하나까지 완벽하다.

"우린 오쇼네시를 죽이지 않았어."

덤덤한 중저음의 목소리가 내 등 뒤에서 들린다.

"믿지 않아도 상관없지만 사실이야, 맥. 우린 직원들을 그런 식으로 굴리지 않아. 특히 오쇼네시는 그런 식으로 버리기엔 아까운 인재였어. 일도 잘했지만, 그 친구 몸과 두뇌에 얼마나 투자했는지 알아? 마지막 삽입 수술은 겨우 일주일 전이었어. 분해장을 치르기 전에 재활용할 수 있는 건 다 꺼내긴 할 텐데, 손해가 만만치 않아."

"마지막 수술 때 누군가가 조작한 게 아닐까?"

내가 묻는다.

"현장요원 개조수술 같이 중요한 일에 우리가 그렇게 건성일 것 같아? 게다가 이번 일은 웜을 해킹하는 것만으로 할 수 있는 일이 아니야. 최소한 1년 전부터 진행되어왔던 게 분명해. 노련하지는 않아도 돈과 시간이 충분한 자들이야."

"그리고 그게 해방전선은 아니다?"

"당신이 보기에도 그렇지 않아? 이번 일은 누구의 스토리에도 맞지 않아. 적어도 그린페어리가 모르는 누군가의 짓이야. 정말 아무것도 몰라? 그 신입 사원은 여기 나온 것처럼 하찮아?"

"응."

그라스캄프는 눈을 가늘게 뜨고 앙상한 오른손 검지를 펴 나를 향해 겨눈다.

"냄새가 나, 맥. 뭔가 이상하게 돌아가고 있어. 우리가 여기서 호기심을 접을 거라고 생각하지 마. 그리고 여기서 나는 냄새를 맡은 건 우리만이 아닐걸? 그 친구를 계속 보호하고 싶으면 빨리 편을 고르는 게 좋아."

"만에 하나 그 친구가 정말 중요한 무언가라서 내가 도움을 요청한다면 와줄 거야?"

나는 조심스럽게 묻는다.

"글쎄, 맥. 지금 이런 식으로는 곤란해. 주는 게 있으면 받는 게 있어야지. 그리고 우리가 원하는 건 오직 정보야. 그걸 줄 수 있어?"

나는 대답하지 않는다. 그라스캄프는 예상했다는 듯 픽 웃더니 일어나서 문을 열고 나를 내보낸다. 나는 복도에 선 두 경호원의 시선을 받으며 엘리베이터로 걸어간다.

호텔을 떠난 나는 항구를 향해 걷는다. 해가 지고 있다. 열다섯 살 전후로 보이는 비쩍 마른 아이들이 만능 블록을 조립해 만든 보트 위에서 낚시를 하고 있다. 십중팔구 서부 해안에 사는 파투산인들이다. 팔라가 파투산의 식량 공장이 된 뒤로 그나마 남아 있던 어부들은 직업을 바꾸거나, 타모에와 더 멀리 떨어진 타프로바니로 갔다. 바다에서 먹을 고기를 잡는 사람들은 모두 파투산인들이다. 아직도 이들의 3분의 1은 팔라의 시스템에 흡수되지 않았다. 심지어 이들은 전기도 따로 쓴다. 이들이 쓰는 전기는 해안에서 오징어 다리처럼 바다를 향해 길게 늘어뜨린 일곱 개의 파력 발전기에서 온다.

이들 대부분은 직간접적으로 해방전선과 연결되어 있지만 그렇다고 해방전선에 동조하고 있다고 보기도 어렵다. 애초부터 해방전선은 실체 없는 무리다. 구심점도, 공통된 목표도 없고 외부의 참견이 너무 많다. 팔라의 파투산 정착촌은 해방전선의 뿌리와 상관없다. 이들을 묶어주는 건 탐욕이나 존재도 의심스러운 애국심이 아니라 고집과 로맨티시즘이다. 대폭발 이후 완전히 변한 세상 속에서도 대기업 시스템의 도움 없이 독립적으로 살아남을 수 있다는 걸 증명하려는 어설픈 괴짜들의 무리. 팔라에 이런 무리가 처음 모였던 것도 아니다.

한 회장은 이들의 주장을 경멸했다. 자연과 조화를 이루는 삶은 대폭발 전에도 별 의미 없는 판타지였다. 자연 속에서 인간은 파괴적일 수밖에 없다. 인간이 자연을 위해 할 수 있는 최선의 선택은 자연으로부터 스스로를 격리하는 것이다. 젊은 시절 한 회장은 완벽한 아콜로지의 구현에 집착했다. LK스페이스가 생기면서 집착의 대상은 스카이후크와 궤도 엘리베이터로 옮겨갔지만 그렇다고 당시의 관심이 사라진 건 아니었다. 산을 타고 폭포처럼 흘러내리는 형상의 새 파투산시는 그 자체가 하나로 이어진 거대한 건물이었고 이론상 고립되어도 완벽한 자급자족이 가능했다. 단지 우리는 정치적 이유로 팔라에 그 역할의 일부를 나누어 주는 쪽을 택했다.

그럼에도 한 회장 말년에 우리는 최대한 팔라의 파투산인들을 챙겨주었다. 직접 보상금을 챙겨주는 건 말도 안 되는 일이었다. 하지만 팔라의 공장에 취업시키고 익명의 후원자가 되어 파력발전기를 보내는 건 가능했다. 당시 우리는 그들이 팔라의 삶에 만족해야 우리가 편하다고 생각했다. 지금은 잘 모르겠다. 해방전선은 현실세계 사람들의 기반을 잃으면서 더 예측 불허의 극단적인 존재가 되었다. 우리가 이들을 안전하게 무력화시킬 수 있는 방법은 없었다. 우리는 인간의 무리는 그렇게 쉽게 통제할 수 없다는 것을 인정할 수밖에 없었다.

나는 출발 오 분을 남긴 페리에 오른다. 팔라와 파투산을 연결하는 페리들은 모두 바다 밑에 깔린 유도 레일을 따라 움직이기 때문에 물 위를 가는 열차나 다름없다. 얼마 안 되는 승객들은 모두 갑판 위에서 팔라섬 너머로 사라지는 저녁 해를 바라보고 있다.

초록 마녀 말이 맞다. 최강우가 이상한 존재라는 사실은 이제 숨길 수 없다. 파투산을 주시하는 수많은 세력이 피 냄새를 맡으며 파리 떼처럼 몰려들 것이다. 최강우가 어떤 비밀을 숨기고 있는지 알고 있다고 생각하는 무리는 속도를 낼 것이다. 이 와중에서 녀석이 과연 살아남을 수 있을까?

그 와중에 나는 살아남을 수 있을까?

"당신은 늘 그랬지.

내가 아니라고 그래도 늘 그랬어."

최강우와 나는 대외업무부가 잠시 빌려다 쓰고 있는 사무실에 앉아 있다. 얼마 전까지 같이 있던 미리암은 보안부와 한탕 하러 나갔다. 다른 때는 냉정하기 짝이 없는 사람이지만 렉스 타마키와 얽힐 때는 사정이 다르다. 지금도 1년 동안 애인이었고 2년 동안 연적이었던 이 남자가 자길 괴롭히기 위해 정보를 은폐하고 있다고 진심으로 믿고 있다. 정말 그럴지도 모른다. 미리암에 대한 감정이 남아서가 아니라 그렇게 믿는 사람을 괴롭히는 게 즐거울 것이기에.

테이블 하나, 의자 다섯 개를 제외하면 텅 빈 공간이다. 대부분의 파투산 창문들이 그렇듯 바깥엔 바다와 나무가 보인다. 차이는 고도뿐이다.

넘어지면서 왼쪽 팔목에 금이 가긴 했지만, 최강우는 비교적 멀쩡하다. 그저께 겪은 일을 생각해보면 넋 나간 표정이나 신경질적으로 떨고 있는 왼쪽 다리는 정상이다.

"그 나비는 진짜였어요."

최강우가 말한다.

"뭐라고요?"

"그 폴란드 선원이 쓴 일기랑 수집품요. 혹시나 몰라서 경찰에 연락했는데, 진짜로 호텔에 있었대요. 제가 박물관 사람들을 보냈어요. 법적인 문제가 해결되면 나비는 박물관에 갈 것 같다고 합니다. 그렇게 들었어요."

나는 별생각 없이 고개를 끄덕인다. 멸종한 나비의 DNA가 어디로 가는지는 내가 알 바 아니다. 단지 나는 죽은 자의 성실함에 조금 감탄한다. 겨우 몇 분의 거짓말을 위해 진짜 수집품을 이용하는 성의. 아니면 그건 완전히 거짓말이 아니었던 걸까? 세케와엘을 연기하는 동안 오쇼네시는 정말로 나비에 관심을 갖게 되었던 걸까? 나비로 맺어진 두 남자의 관계 어딘가엔 진짜 비슷한 무언가가 숨어 있었던 걸까?

왼쪽 다리의 떨림이 멎는다. 최강우는 테이블 위에 얌전히 놓인 양손을 말없이 바라보다 갑자기 입을 연다.

"저, 저는 정말 최상층으로 갈 수 있습니까?"

어떻게 대답해야 하지? 나는 진짜로 이 남자를 거기로 보낼 생각이었다. 보다 그럴싸하고 쓸 만한 인물인 척 위장해 해방전선의 장단에 맞추어줄 생각이었다. 하지만 오쇼네시가 미쳐 날뛰었고 계획은 물거품이 되었다. 최강우는 여전히 나에게 중요한 자산이지만 이 약속을 지켜야 하는가는 다른 문제다.

못 올려 보낼 이유도 없다. 위로 올라가면 케이블과 스파이더들을 가까이서 볼 수 있고 우주에 더 가까이 간 느낌이 들긴 하지만 그렇다고 해서 중요한 일들이 다 거기서 일어난다는 뜻은 아니다. 단어와 고도가 주는 상징적인 의미가 더 크다. 한국 사람들의 어휘를 빌린다면 이건 모두 '기분'의 문제인 것이다. 최강우와 같은 애매한 위치의 신참을 올려 보낼 이유는 얼마든지 만들어낼 수 있다.

중요한 건 섬 자체다. 처음엔 적도의 섬 따위는 필

요 없다고 생각했다. 공해 어딘가의 심해 바닥에 지지대를 세우고 케이블을 연결하는 것만으로 충분하다고 생각했다. 굳이 지상과 연결될 필요도 없다고 했다. 하지만 LK스페이스의 야심은 더 컸다. 한 회장은 엘리베이터의 성장을 원했다. 더 많은 케이블과 스파이더를 원했다. 이들을 생산하는 공장들과 이들을 지원하는 인프라를 원했다. 섬이 필요했고 마침 붕괴되어 버려진 휴양지 하나가 필요로 하는 곳에 있었다.

"우리 작전은 끝났어요."

나는 조용히 대답한다.

"이렇게 끝날 거라고는 예상을 못했는데, 그렇게 되었군요. 지금 당장 사원이 할 일은 없습니다. 하지만 살인 기도가 있었으니 그냥 돌려보낼 수도 없어요. 우리의 보호를 받으면서 어떻게 된 일인지 알아내야 합니다. 상층 이야기는 상황이 정리가 되면 하기로 하죠. 정 원한다면 가능할 겁니다. 자리가 있을 거예요. 거기가 그렇게 가고 싶습니까?"

끄덕끄덕.

"우리가 먼저 부추기지 않았어도?"

"원래 최상층이 목표였어요. 이 일로 도와주지 않으셔도 거기 지원할 겁니다."

"거기서 일을 하지 않아도 그냥 올라가서 구경하면 되지 않나요?"

"그것만으로는 모자라요. 정말 멋진 일들이 거기서 일어나지요."

당황스러울 정도로 유창한 최상층의 예찬이 이어진다. 수많은 기술용어가 춤추고 점프하고 질주한다. 기술적 비전이 제시되고, 단어들로 구성된 화려한 그림이 그려진다. 나는 그중 절반도 이해하지 못하고 설득되지도 않지만, 그 열정과 유창함에 감탄한다. 이 모든 게 내가 아는 최강우라는 남자와 전혀 맞지 않았기 때문에 더욱 그렇다. 궤도 엘리베이터와 최상층에 대한 최강우의 열정은 나비에 대한 느릿느릿하고 안정된 열정과 다르다. 인위적으로 다듬어졌고 완벽하고 집요하다. 무엇보다 동원된 어휘가 풍부하다.

한마디로 최강우가 아니다. 몇 년 전까지만 해도 존재하지 않았던 그 무언가다. 내 앞에 앉아 있는 나비 애호가의 마음속에는 무언가 이질적이고 낯선 것이 숨어 있다. 최강우를 LK스페이스로 이끈 것도 그 무언가다. 세케와엘/오쇼네시를 조종한 자들이 최강우의 웜에 들어 있다고 믿었지만 아니었던 그 무언가.

나는 다시 최강우를 식사에 초대한다. 단지 방향은 반대다. 우리는 신시가지에서 내려와 침몰한 도시 폐허에 초승달 모양으로 늘어서 있는 원주민들의 마을로 들어간다. 죽은 생선과 독한 향료와 사람들의 땀냄새가 코를 찌르는 '진짜 음식'의 세계다. 우리는 반쯤 탄 비늘 속에 묻힌 생선 살을 뜯어먹고 맥주를 마신다. 누런 조명등 위로 나방 두 마리가 날아들자, 최강우의 머릿속 곤충학자가 다시 깨어난다. 자연스럽게 인시류 강의가 이어진다. 몇 시간 전 떠들던 화자와 전혀 다른 사람이다. 수줍고 느리고 게으르고 나른하고 일상적인. 몸속에 들어가 피를 달구고 있는 수제 맥주만으로는 이 차이를 설명하기 어렵다.

나는 술을 이기지 못하고 비틀거리는 최강우를 부축하며 식당에서 빠져나온다. 캡슐 택시를 부를까 생각했지만, 그냥 걷기로 한다.

우리는 버려진 폐허 위에서 반짝이는 신시가지를 올려다본다. 여기에 야광충으로 물든 바다와 완벽한 보름달이 더해지자 눈앞의 풍경은 지나치게 아름다

위 오히려 천박해 보인다.

마을 어딘가에 있는 스피커에서 찰랑거리는 하프시코드 선율이 흘러나온다. 파투산에 있는 중요한 모든 것들에는 파티마 벨라스코가 작곡한 짧은 주제곡이 붙어 있다. 이들은 AI에 의해 끊임없이 변주되고 발전되면서 섬과 섬 주변을 파도처럼 쓸고 지나간다. 익숙해지면 웜과 주변 스피커에서 들리는 음악만으로도 섬에서 무슨 일이 일어나는지 알 수 있다. 숙련된 음악 애호가라면 독일어를 몰라도 바그너 악극의 이야기를 따라갈 수 있는 것처럼.

지금 들리는 음악은 섬에 처음 온 사람들도 익숙하다. 스파이더의 주제곡이다. 닷새 전 안드레이 코스토마료프의 우주개발회사 알리사에서 만든 목성행 우주선 홀스토호의 승객 네 명을 태우고 궤도로 기어올라갔던 엘리베이터가 소행성 샘플을 싣고 돌아오고 있다. 산꼭대기에서 뿜어져 나오는 두 개의 레이저 줄기 사이에서 반짝이는 오렌지빛 별이 하강하고 있다.

15년의 세월이 이룩한 결과를 보라. 처음엔 가방만한 로봇이 성층권 위에 떠 있는 거미줄을 잡아 타고 궤도까지 올라가는 데에 25일이 걸렸다. 지금은 이틀이면 충분하다. 과거의 SF 작가들이 상상했던 리니어 모터와 같은 건 아직 가지고 있지 않은데도 그렇다. 옛사람들이 세운 목표를 따라가다 보면 더 쉽고 편리한 다른 기술이 나오기 마련이다. AI들이 창의적인 작업에 개입하기 시작하면서 변화의 속도와 다양성은 기하급수적으로 증가하기 시작했다. 인간의 역할은 기껏해야 앞으로 다가올 기계 문명의 부스터에 불과할 거라고 한 회장은 말했었지.

둔한 혀가 꿈틀거리며 웅얼거리는 소리가 들린다.

"뭐라고요?"

내가 묻는다.

최강우는 바보 같은 표정으로 씨익 웃고 아까 했던 말을 되풀이한다.

"당신은 늘 그랬지. 내가 아니라고 그래도 늘 그랬어."

# 유령의 흐릿한 발자국

"당신은 늘 그랬지. 내가 아니라고 그래도 늘 그랬어."

나는 이 문장을 기억한다. 어떤 중요한 의미가 있어서가 아니라 반대로 아무 의미가 없기 때문에. 적어도 나는 그 의미를 기억하지 못하기 때문에.

아직도 나는 이 말이 어떤 맥락에서 나왔는지 모르겠다. 내가 기억하는 것은 어리둥절해하는 내 표정을 보고 미친 것처럼 웃어대는 한정혁 회장의 얼굴이다. 무슨 소리냐고 내가 다시 묻자, 한 회장은 설명 없이 같은 말을 되풀이했고 다시 킥킥거렸다. 영문도 모른 채 웃음거리가 되는 건 기분 나쁜 일이었지만 나는

LK그룹의 두목에게 뭐라 할 입장이 아니었다.

꼭 10년 전 일이었다. 윔을 통해 배운 한국어는 아직 덜컹거렸다. 한국어를 말할 때마다 나는 표면의 인격이 얇게 분리되는 것 같은 불안감을 느꼈다. 이건 다른 경로로 배운 다른 언어를 쓸 때도 가끔 나타나는 현상이었지만 초창기 윔으로 언어교육을 받은 사람들은 유달리 이런 부작용이 심했다.

윔의 언어교육 기능의 또 다른 문제점은 귀신을 만들어낸다는 것이었다. 시야 바깥에 나타나 엉거주춤 서서 여러 언어의 경계선을 오가며 이상한 주문을 중얼거리는 존재. 장례식이 끝난 뒤로 그 귀신은 한 회장의 목소리로 말하기 시작했다.

최강우가 저 문장을 말했을 때 나는 두 사람의 목소리를 들었다. 최강우의 목소리와 저 문장을 정확한 속도로 겹쳐 말하는 귀신의 목소리. 잘못 들었나 생각했다. 이 모든 게 귀신의 목소리일 수도 있다고 생각했다. 하지만 아니었다. 분명 최강우의 입에서 나온 최강우의 목소리였다. 최강우가 한정혁의 대사를 읊고 있었다.

암호가 아닌가 생각했다. 아니었다. 최강우는 여

전혀 자기가 한 말에 대단한 의미가 있다고 생각하는 것 같지 않았다. 무언가가 녀석의 뇌 속에 숨어 있다가 술로 정신이 흐트러진 틈을 타 흘러나온 것이다.

무언가. 한정혁의 기억을 품고 있는 무언가.

최강우는 아파트에 자기를 데려다준 내가 가족사진과 음란한 나무 달걀을 번갈아 바라보는 걸 보면서도 별생각이 없는 모양이다. 나는 건성으로 인사하고 화장실로 들어가는 녀석의 뒷모습을 잠시 바라보다 떠난다.

에스컬레이터 위에서 나는 생각에 잠긴다. 머릿속에서 이미 갖고 있는 조각들을 하나씩 늘어놓고 맞춘다. 몇 년 전까지만 해도 나비를 제외하면 별다른 관심사도, 취미도 없는 게으름뱅이에게 무슨 일인가가 일어나 광적인 궤도 엘리베이터 숭배자가 되었고 LK 스페이스에 2등으로 들어와 붙었다. 시험뿐 아니라 그걸 수상쩍게 여긴 면접관들도 통과했다.

가장 손쉽고 단순한 답은 한정혁 회장의 기억을 담은 웜이 최강우의 머릿속에 들어 있다는 것이었다. 녀석의 뇌 안에 들어 있는 건 회사에서 넣어준 것 하나뿐이었고 그 안에는 특별한 게 아무것도 없긴 했다. 하지만 죽은 회장의 기억이나 정신을 담은 무언가와 그것이 개입된 음모가 그렇게 쉽게 발각될 리는 없지 않은가. 그 무언가가 우리 예상보다 교활해서 우리의 검사를 통과했다고 치자. 어떻게 통과했는지는 나중에 생각하자.

죽은 회장의 기억은 어떻게 남아 있었을까. 내가 알기로 회장의 뇌에는 최소한 네 개의 웜이 들어 있었다. 두 개는 알츠하이머 치료용이었다. 알츠하이머를 치료하는 훨씬 손쉬운 방법이 나와 있었지만, 회장은 이를 새로운 기술적 도전이라고 생각했다. 죽기 전, 한정혁의 정신은 보통 사람들보다 훨씬 광범위하게 퍼져 있었다. 단순히 선별한 기억을 클라우드 시스템에 저장하는 수준이 아니었다.

회장이 죽자, 생전에 엄선한 몇몇 데이터를 제외하면 대부분은 사생활보호법에 의해 파기되었다. 적어도 우리는 그렇게 믿었다. 회장 자신이 이 작업을 주도했고 우리가 아는 한정혁은 결코 일을 대충하는 사람이 아니었기 때문에. 하지만 믿음이란 추론의 포기에 불과하다. 우린 한정혁이 세상에 남긴 사적인 데이터에 별 관심이 없었다. 중요한 정보들은 회사의 AI

들이 물려받았다. LK는 지금도 죽은 사람의 야심을 따라 전진하고 있다. 로스 리나 한수현 따위는 그 흐름을 막을 수 없다. 그렇다면 우리가 왜 있을 수도 있고 없을 수도 있는 회장의 사적인 기억에 신경 써야 하는가. 왜 그런 것이 사라지지 않았을 가능성을 의심해야 하는가.

하지만 우리는 회장을 모른다. 대외 이미지가 너무나도 압도적이어서, 우리는 한정혁의 이미지에서 벗어난 자연인 한정혁을 상상할 수 없다. 하지만 모두에겐 비밀이 있다. 어느 누구도 나 아닌 다른 사람을 완벽하게 알 수 없다. 한정혁에게는 죽은 뒤에도 은밀하게 남기고 싶은 또 다른 무언가가 있을 수도 있다. 그 무언가가 우리가 생각하는 것 이상으로 중요한 것일 수도 있다. 그 무언가가 최강우의 머릿속에 들어 있을 수도 있다. 그리고 그 사실을 알고 있는 누군가가 지금 최강우를 노리고 있을 수도 있다.

그렇다면 오로지 나만 기억하는 그 문장이 흘러나온 것도 단순한 우연일까? 이 회사에서 내가 최강우에게 개인적인 관심을 갖고 있는 유일한 사람인 것도 우연일까? 내가 녀석의 생명의 은인인 것도 우연일까?

나는 내 지금 위치에 대해 생각한다. 나는 한 회장이 사적으로 고용한 용병에 불과하다. 영감이 죽기 전 나를 위해 약간의 안전장치를 만들어주었지만, 이것의 수명도 얼마 남지 않았다. 누군가가 내 본명과 국적과 수술 전 얼굴을 알아낸다면 안전장치도 끝이다. 로스 리는 내 정체 따위에 아무 관심도 없겠지만 한수현은 다르다.

최강우의 머릿속에 든 그 무언가가 정말 회장의 일부라면 그건 내 생명 줄이다. 최강우는 공식적인 회사의 의지와 상관없지만 중요한 일을 위한 도구이고 그 중요한 일에는 회장의 사람들을 지키는 것도 포함되어 있는지 모른다.

아파트로 돌아온 나는 최강우에 대한 정보를 검토한다. 이미 미리암이 한 번 했고 아무것도 나오지 않았다. 하지만 그건 무엇을 찾아야 하는지 알기 전의 일이다. 이제 나는 내가 찾아야 하는 패턴과 루트를 알고 있다. 동선이 점검되고 사적인 이메일과 메시지가 다시 한번 끌어 올려진다.

잠시 뒤 추적 AI가 제목 옆에 노란 별을 일곱 개 붙인, 2년 전에 삭제된 스팸 메시지 하나가 떠오른다.

"LK그룹, 채성그룹, TG시스템, 핀토스페이스에 들어가고 싶습니까? 안전 보장, '거의' 합법적. 최소의 비용으로 운명을 극복하세요."

"거의 합법적." 나는 웃는다. 안 먹힐 것 같으면서도 은근히 잘 먹히는 미끼다. 나 자신이 여러 차례 써서 알고 있다. 그리고 최강우 역시 여기에 넘어간 게 거의 확실하다. 메시지에 추가된 링크를 클릭한 흔적이 남아 있다. 충분히 있을 수 있는 일이다. 순전히 오기로 LK스페이스에 습관처럼 지원하던, 미래에 대한 투자를 거의 하지 않은 게으름뱅이라면 빠질 법한 함정이다. 어차피 가진 것도 없는데, 잃을 게 뭐가 있겠는가.

여기에 넘어간 다른 사람들도 있을까? 확인해보니 이미 끝난 사건이고 두 범인은 체포되었다. 생각보다는 정직한 사기꾼들이었다. 적당히 돈만 먹고 튀는 대신 고객들에게 바이오봇을 이식해 부정행위를 한다는 계획이었다. 그들이 만든 로봇은 뇌에 기생해 2주 정도 살 수 있는 기생충으로, 일반적인 스캔에 걸리지 않았다. 이들은 LK로보틱스에 고용되었다 해고당한 테키 출신이었고, 집행유예 판결을 받은 뒤 모두 재고용되었다. 이는 생각만큼 이상한 일은 아니다. LK에서는 기업 기밀을 보호하기 위해 이런 범죄자들을 다시 고용하는 일이 잦았다. 지금 이 둘은 월급 넉넉하고 방해 안 받는 연구소에서 장난감을 만들며 놀고 있는 모양이었는데, 뭘 만들고 있는지는 몰라도 솔직히 부러웠다.

나는 이들의 희생자가 된 사람들의 사진을 검토한다. 열두 명. 모두 최강우와 비슷한 나이 또래다. 젊고 잘생겼고 그리 똑똑해 보이지는 않고 타고난 무책임함이 얼굴에 드러나는 남자들.

그렇다. 모두 남자들이다.

## 사라진 나비 그림이 있는 곳

"〈북북서로 진로를 돌려라〉라는 영화 알아요?"

"제목은 들은 거 같아요. 고전인가요?"

"알프레드 히치콕이 만든 20세기 영화지요. 몰라도 이상하지는 않아요. 이런 이야기예요. 로저 O. 손힐이라는 광고업자가 호텔에서 조지 캐플런이라는 남자로 오인받게 돼요. 그 때문에 살해당할 뻔하고 나중에는 살인범으로 몰려요. 그래서 손힐 자신이 캐플런을 추적하기 시작했는데, 알고 봤더니 캐플런은 미국 정보부에서 만든 가상의 인물이었단 말이지. 이름과 짐만 있고 정작 몸은 없었지요."

"그런데요?"

"이 친구가 바로 우리의 조지 캐플런이었어요."

나는 아파트의 문을 연다.

4년 동안 거의 쓰지 않았지만, 일주일에 두 번 로봇 청소를 해서 안은 비교적 깨끗하다. 방은 적당히 어지럽혀져 있고 심지어 희미하게 독신 남자의 체취도 풍기는데, 회사 화학자들의 도움을 받아 만든 약물을 공기청정기로 뿌리기 때문이다.

최강우는 뚱한 표정으로 내 얼굴을 바라본다. 그 표정이 위장이라는 걸 확인하기 위해 웜의 도움을 빌릴 필요는 없다. 얼굴 근육이 굳어 있고 눈꺼풀이 떨린다. 거짓말을 할 때도 진실을 말하는 얼굴.

"이 집 주인 이름은 데이먼 추라고 해요. 서류상으로는 나보다 더 그럴싸하게 존재하지요. 국적도 있고 심지어 유전자 등록도 되어 있지요. 하지만 몸은 없어요. 존재하지 않는 몸과 함께 언제든지 회사를 위해 자폭할 수 있는 존재지요. 당연히 이 방은 들어온 사람이 없어야 합니다. 청소 로봇이 정기적으로 찍어대는 가짜 지문 외에는 다른 지문도 없어야 하지요. 그런데도 다른 사람의 지문이 있다면? 이걸 어떻게 설명해야 할까? 이 아파트의 위치와 비번도 알고 회사 보안망도 뚫을 줄 알았다면 여기 지문 같은 흔적을 남겨서는 안 된다는 걸 알 텐데 왜 그랬을까?"

나는 다시 문을 닫고 엘리베이터로 간다. 최강우는 말없이 내 뒤를 따른다. 아파트에서 나온 우리는 브루넬 강변을 따라 걷는다. 800미터를 걷자 H&H 창고임대사가 나온다. 만화 캐릭터들이 그려진 컨테이너들이 레고 블록처럼 쌓여 있는 곳이다.

사무실에서 구식 열쇠를 받아온 우리는 철제 계단을 타고 올라 3층에 있는 데이먼 추의 컨테이너 안으로 들어간다. 안의 공기는 건조하고 금속 냄새가 난다. 나는 불을 켜고 안의 물건들을 확인한다. 음탕한 나무 달걀과 현금 박스 하나를 제외하면 없어진 건 없어 보인다. 나는 에르제의 서명이 있는 〈땡땡〉 포스터를 꺼내 내가 가져온 알루미늄 가방 안에 넣는다.

"왜 그 조각상을 가져갔나요? 거기 특별한 의미가 있었나요?"

나는 등받이에 두 마리 용이 새겨진 흑단 의자의 먼지를 털고 앉으며 말한다.

"예뻤어요."

최강우가 대답한다.

"그런 게 취향이신가요?"

"그런가 보죠."

"들어온 지 1년도 안 되는 신입 사원이 대외업무부의 단 한 명만 실체를 알고 있는 가상 인격의 아이디를 이용해 여기까지 들어온 것에 대한 답도 '그런가 보죠'인가요?"

"그냥 확인하고 싶었어요."

"무엇을?"

"제가 알고 있는 것이 맞는지."

최강우는 어깨를 으쓱하더니 지금까지 바닥에 고정되어 있던 시선을 나에게로 돌린다.

"언제부터 데이먼 추에 대해 알았나요."

"두 달 전부터요. 그쯤 되었습니다."

"어떻게?"

"그냥 얼굴이 떠올랐어요. 처음엔 진짜 사람인 줄 알았어요. 한 회장 친척이 아닌가 생각했습니다. 눈매랑 입 모양이 닮았으니까요. 하지만 그 뒤에 이름이 떠올랐어요. 집과 창고의 주소도, 창고 안에 무엇이 있는지도요. 그 무렵 데이먼 추가 실재하는 사람이 아니라는 확신이 섰고 여기 와도 된다는 생각이

들었어요. 와서 확인하고 싶었어요."

"그 야한 달걀이 있는지?"

"아뇨. 이거요."

최강우는 보존 장치가 된 열두 개의 액자들이 차곡차곡 겹쳐진 채 걸려 있는 구석까지 성큼성큼 걷는다. 조명등이 켜지고 액자 하나가 바깥으로 끌려 나온다. 높이가 2미터는 되는 커다란 나비 그림이다. 일곱 마리의 나비들이 물가에 핀 꽃 주변을 맴돌고 있고 구석에는 초승달이 떠 있다.

"장순옥의 〈월하호접도〉예요. 세상에서 가장 아름다운 나비 그림들을 그렸던 20세기 화가인데, 그렇게 잘 알려져 있지 않아요. 여자라서 그랬는지, 일본계 혼혈이어서 그랬는지, 나비 그림만 그려서 그랬는지, 그냥 사람들이 관심이 없었는지, 전 잘 모르겠어요. 이 그림은 인천의 어느 사립 박물관에 걸려 있는데, 도난당했어요. 지금까지 전 20세기에 찍은 저해상도 사진만 보아왔지요. 그런데 창고에 그 그림이 있다는 기억이 떠올랐어요. 와서 확인해봤더니 진짜였습니다. 관리를 잘했는데, 그래도 이 그림은 박물관에 있어야 해요."

그림은 다시 또르륵 소리를 내면서 원래 자리로 돌아간다. 파투산에서 반다르스리브가완으로 끌려오는 동안 계속 기가 죽어 있던 녀석의 얼굴은 조금씩 자신감을 되찾아가고 있다. 어설픈 코믹북 히어로 같군. 나비 근처에만 가면 힘을 얻는.

"두 달 전부터 그 모든 기억이 떠오르기 시작했나요?"

"1년 되었습니다. 이미 아시지 않나요, 제가 수술받았다는 걸? 전 금방 들통날 거라고 생각했습니다. 제가 생각해도 제 경력은 너무 말이 안 되었으니까요. 저에게 수술을 해준 사람들은 제가 시험을 치자마자 체포되었어요. 그 사람들이 수술해준 다른 사람들은 다 불합격 처리되었고요. 제가 예외여야 할 이유가 없는데, 아무도 절 건드리지 않았습니다. 면접에서는 떨어질 거라고 생각했는데, 그때도 통과했습니다."

"왜였다고 생각하나요?"

"일단 제가 면접을 잘 봤습니다. 전 같으면 상상도 못했을 말들이 유창하게 쏟아져 나왔습니다. 보통 때에는 없었던 자신감이 생겼고요. 전 엄청나게 잘했습니다. 다 그 사기꾼들이 머릿속에 넣어준 바이오봇 때문이지요. 그건 2주 만에 죽었고 사체는 분해되었지만, 그동안 제 뇌의 일부를 바꾸었습니다. 그 부분이 지금 웜과 비슷한 기능을 하고 있는 거예요. 스스로 생각하는 무언가가 그 안에 들어 있습니다.

하지만 왜 저였던 걸까요? 한참 고민한 끝에 결론에 도달했습니다. 제가 시험을 통과했다고요. 열세 명 중 한 명을 뽑는 시험이었는데, 제가 뽑혔던 거예요. 그래서 면접도 통과했던 거고요. 제가 잘하기도 했지만, 개별 면접관들의 의견을 넘어서는 어떤 영향력이 작용하고 있었어요. 제가 LK스페이스로 들어오기를 바라는 누군가가 있었어요."

## 수호천사의 방문

"전에 말씀드린 건 모두 사실입니다. 아버지가 LK와 안 좋은 일로 엮인 건 맞아요. 그 때문에 자살하셨을 수도 있어요. 하지만 LK를 상대로 복수를 한다? 그런 상상은 못 해봤어요. 그건 신에게 복수한다는 말처럼 들렸습니다. 무엇보다 전 아버지를 그렇게 좋아하지 않았어요. 자기 세계에 빠져 있는 차가운 사람이었어요. 사람들과 조금 더 잘 어울렸다면 그런 일을 겪지 않아도 되었을 텐데. 요새 같은 세상에 발명왕 대접을 받고 싶어 했다니 말이 되나요? 아버지 작업실 벽에 사진이 걸려 있었던 토머스 에디슨과 니콜라 테슬라도 혼자 일하는 사람이 아니었는데요.

LK스페이스에 계속 도전했던 건 오기 반, 두려움 반 때문이었던 것 같습니다. 전 아직 세상과 맞설 준비가 안 되어 있었습니다. 마이크로 노동으로 푼돈을 벌면서 나비를 쫓아다니는 건 나쁘지 않았어요. 하지만 남은 평생을 정말 그렇게 사는 건 무서운 일이었습니다. 제 게으름을 정당화해줄 핑계가 필요했어요. 아버지를 죽였다고들 하는 회사에 도전하는 것처럼 그럴싸한 핑계가 있을까요? 너무 그럴싸해서 저도 그 말을 믿었습니다. 핑계일 뿐이었다면 한 번으로 끝냈을 겁니다.

세 번째 시험까지 치를 생각은 없었습니다. 우선 전 잡일로 돈을 꽤 벌고 있었어요. 마이크로 노동 시장은 집중력이 떨어지고 잔재주가 많은 저 같은 사람을 위한 최고의 일터였습니다. 어떤 때는 지금 월급의 서너 배는 벌었지요. 영월의 삼촌 가게에 곧 자리가 비어서 거기에 취직할 수도 있었습니다. 누나가 아파서 돈이 여전히 필요하긴 했지만, 가게에 들어가면 그 문제도 곧 해결될 판이었습니다.

스팸 메시지를 받았을 때 전 그냥 무시하려 했습니다. 무의미한 실패는 두 번이면 충분했어요. 하지만 메시지의 자신만만함이 신경 쓰였습니다. 그리고 그걸 받았을 때 찰칵하면서 제 이야기가 완성된다는 느낌을 받았어요. 이걸 어떻게 설명하면 될까요. '이번에는 될 거야'라면서 전 재산을 거는 도박꾼이 된 것 같았달까? 마치 제가 주인공인 이야기를 쓰는 작가가 클라이맥스를 준비하며 저에게 신호를 보내는 것 같기도 했습니다.

전 개성으로 가서 메시지를 보낸 사람들을 만났습니다. 형제처럼 닮은 제 나이 또래 남자들이었는데, 알고 봤더니 모두 한국인이 아니었고 두 사람은 각기 다른 나라에서 왔더군요. 회사에서 웜으로 배운 한국어 때문에 말투가 둘 다 비슷해서 더 닮아 보였던 것 같습니다.

두 사람은 모두 자기네들이 수원에 있는 LK로보틱스 연구소 출신이라고 소개했습니다. 거기서 아주 특별한 종류의 바이오봇을 만들었는데 그것으로 원하는 정보를 뇌에 전사할 수 있다고 했습니다. 두 사람은 몇 달 전 부당한 이유로 해고당했고 회사는 아직 그 바이오봇의 존재에 대해 잘 모른다고 했습니다. 이들은 이미 자기들을 상대로 실험을 끝냈고 이제 다른 실험 대상을 찾고 있었습니다. 형편없는 스펙으로 대기업에 도전하는 저 같은 사람만큼 이 실험에 어울리는 대상이 있을까요? 이들은 최소한의 비용만을 요구했고, 그건 저도 충분히 감당할 수 있는 액수였습니다. 실패했다고 해도 그냥 비싼 복권을 샀다 날렸다고 생각하고 잊어버릴 수 있었습니다. 그건 꿈의 대가였습니다.

수술은 간단히 끝났습니다. 이후에 회사에서 받은 웜 이식수술보다 빨리 끝났고 이명이 생기거나 시야가 잠시 좁아지는 것 같은 부작용도 없었습니다. 단지 벌레가 죽을 때까지 설정을 맞추는 데에 시간이 좀 걸렸습니다. 두 사람은 꾸준히 제가 머무는 숙소를 찾아와 벌레의 데이터가 내 뇌로 이식되는 과정을 도왔습니다.

그건 이상한 경험이었습니다. 웜에서 그러는 것처럼 무색의 데이터가 입력되는 게 아니었습니다. 자잘한 정보들이 뇌 속에서 하나씩 살아나면서 이들은 하나의 막처럼 연결되어 제 정신을 둘러쌌습니다. 저는 그 정보를 조금씩 흡수해서 저의 것으로 만들었습니다만 그 막은 바이오봇이 죽은 뒤에도 여전히 남았습니다. 조금 무섭긴 했어요. 하지만 안심이 되기도 했습니다. 저에게 조언을 해주고 실수를 막아주는 수호천사가 생긴 기분이었어요.

입사 시험을 쳤을 때 저는 날아가는 것 같았습니다. 이미 두 차례 시험을 치렀기 때문에 필기시험에서부터 정신안정성 테스트에 이르기까지 전 과정이 어떻게 흘러가는지는 이미 알고 있었어요. 하지만 이번엔 제 경험으로는 알 수 없었던 것들이 보였습니다. 시야가 넓어졌고 그 과정이 이전보다 느리게 진행되는 것 같았다고 할까요? 전 제가 2등으로 합격했을 때 진심으로 놀랐습니다. 저보다 이 과정을 더 잘 통과한 사람이 있을 거라는 생각이 들지 않았어요.

걱정되는 건 면접시험이었습니다. 이미 저에게 벌레를 판 2인조는 체포되었고 저도 뉴스를 통해 그 사실을 알고 있었습니다. 그 2인조한테서 벌레를 산 사람들도 들통이 났고 그건 사회적 이슈가 되고 있었습니다. 과연 과학의 힘을 빌려 더 효과적인 속성 교육을 받은 걸 부정행위라고 볼 수 있는가? 이게 허용이 된다면 이제 인재를 뽑는 시험은 어떤 의미를 갖게 되는가? 하지만 경찰은 저를 찾아오지 않았고 2인조도 제 이름을 불지 않았습니다. 전 걱정 반, 안심 반인 상태로 시험장에 갔습니다.

면접관은 여섯 명이었습니다. 여자 셋, 남자 셋. 모두 버추얼 마스크를 쓰고 있어서 다 똑같아 보였습니다. 목소리와 말투로만 나이를 간신히 짐작할 수 있을 뿐이었어요. 이들은 제 아버지와 이전 시험에 대해 물었고, 전 여기에 대해 상상할 수 있는 한도 내에서 최상의 답변을 준비해놓고 있었습니다. 이들이 이 답변에 속지 않는다고 해도 전 아쉬울 게 없었습니다. 무언가를 더 하는 건 불가능했으니까요.

이상한 일이 생겨난 건 그 뒤였습니다. 누군가가 궤도 엘리베이터에 대해 질문을 했고 전 미리 짜놓은 모범 답안을 늘어놓기 시작했습니다. 그런데 그러는 동안 무언가가 깨어났습니다. 아니, 이렇게 설명하는 게 더 맞겠군요. 수호천사와 저를 연결하는 새로운 통로가 생겨났고 그 통로를 통해 벅찬 감정이 쏟아져 들어왔다고요. 이제 궤도 엘리베이터는 데이터의 조합이 아니었습니다. 그것은 사랑의 대상이었습니다. 저는 지구와 우주를 잇는 그 가느다란 끈들을 미친 것처럼 사랑하고 있었습니다. 로미오가 줄리엣을 사랑하고, 단테가 베아트리체를 사랑하듯이요. 저는 궤도 엘리베이터에 대해 긴 이야기를 시작했고 그건 사랑의 언어였습니다. 좀 지나쳤을지도 모르겠습니다. 회사가 필요로 하는 건 테키지, 사물 성애자는 아니었을 테니까요. 하지만 제 연설은 이전의 의심을 지우는 데에 상당한 역할을 한 것처럼 보였습니다. 그 벌레가 이런 감정까지 주입시킬 수 있을 거라고 상상하기는 어려웠으니까요.

시험을 통과했을 때 전 행복했습니다. 거의 황홀경에 빠지는 수준이었습니다. LK스페이스 입사라는 제 목표를 통과했기 때문이 아니라 제가 누군가를 사랑하고 있다는 사실을 깨달았기 때문이었습니다.

네, '누군가'라고 말했습니다. 시험장을 나서면서 저는 서서히 깨닫고 있었습니다. 궤도 엘리베이터에 대한 사랑은 그 자체로 존재하는 것이 아니었습니다. 그건 꼭 인간이 아니더라도 누군가라고 부를 수 있는 어떤 인격적 존재에 대한 사랑과 연결되어 있었습니다. 궤도 엘리베이터는 그 누군가와 저를 연결해주는 다리였습니다.

그건 누구였을까요. 전 그게 여성적인 존재라고 생

각했습니다. 꼭 진짜 여자는 아니더라도 여성스러운 누군가요. 다른 모습으로 상상이 어려웠습니다. 그건 제 사랑의 형태와 연결되어 있었습니다. 대상이 남자였다면 그 사랑은 다른 질감과 다른 모양을 취할 것 같았습니다.

처음에는 그 감정 자체를 즐기며 만족하려고 했습니다. 그것만으로 충분히 행복했으니까요. 그리고 바빴습니다. 취직해서 난생처음 해외에서 살게 되었으니까요. 학교를 졸업하고 어른들의 세계에서 진짜 사회생활을 하는 게 처음이라 걱정도 많이 되었습니다.

새 직장은 재미있기도 하고 재미없기도 했습니다. 일단 전 파투산을 사랑했습니다. LK가 만든 완벽한 아콜로지 시스템을 사랑했고 폐허와 나비들도 사랑했습니다. 무엇보다 궤도 엘리베이터가 있었지요. 일도 재미있었어요. 섬 여기저기로 쓸려 다니며 수습 기간을 통과해야 했지만 전 엘리베이터와 관련된 모든 일을 사랑했으니까요. 하지만 전 사람들과 어울리지 못했고 동료들도 저를 좋아하지 않았습니다. 지금도 그래요. 다들 제가 잘난 척하는 성격 안 좋은 괴짜이고 팀 플레이어가 아니라고 생각합니다. 낙하산이라고 수군대는 사람들도 있는데, 그것까지 제가 뭐라 할 수는 없지요. 하지만 정당한 경쟁이 여기서 무슨 의미가 있습니까? 전 궤도 엘리베이터에 관한 한 최고의 인재입니다. 어쩌다 그렇게 되었는지가 그렇게 중요한가요?

전 저만의 세계로 빠져들었습니다. 1년 전까지만 해도 그 세계는 단순했습니다. 나비가 있었고 누나가 있었고 저만의 몽상이 있었지요. 하지만 지금 그 세계에는 다른 무언가가 들어와 슬슬 영역을 넓혀가고 있었습니다. 흐릿하고 나른한 저와는 달리 열정적이고 강렬한 무언가가요. 그것은 저에게 행동과 감정을 강요했습니다. 저는 그것이 무서웠지만, 그 강렬함이 주는 쾌감에 매료당했습니다. 전에는 상상도 할 수 없었던 삶의 방식이 저를 지배했습니다. 변해가는 저를 받아들이면서 이전의 저를 잃지 않으려 노력했습니다. 다행히도 파투산은 나비 천국이었지요. 그리고 이 두 세계가 충돌하면서 저의 경험은 점점 풍요로워졌습니다.

하지만 거기에는 빈 부분이 있었습니다. 그 '여자' 요. 저는 존재하는지도 알 수 없고, 어떻게 생겼는지 모르는, 아마도 여자인 것 같은 존재에 대한 사랑을 물려받았습니다. 무언가를 사랑하지만, 그 대상에 대해 아무것도 알 수 없는 상황의 갑갑함을 이해하실 수 있겠습니까?

저의 첫 시도는 그 여자의 외모를 재현하는 것이었습니다. 먼저 그림을 그렸어요. 외모 재현 프로그램으로 얼굴을 만들기도 했지요. 하지만 그 결과물은 늘 비슷비슷한 '예쁜 여자' 얼굴의 변주였습니다. 대상에 대한 기억과 상관이 없는 그냥 제 취향일 수도 있었습니다. 외모를 재현하는 것만으로는 부족했어요. 다른 걸 알아야 했습니다.

신기하게도 파투산은 그 다른 것들의 조각을 여기저기 숨겨놓고 있었습니다. 이곳은 단순한 기계와 건축물의 결합체가 아니었습니다. 수많은 것들이 그 누군가에 대한 개인적인 감정과 기억을 담고 있었습니다. 그곳에 가면 전 그것을 느낄 수 있었습니다. 단지 언어나 이미지를 통해 구체적으로 재현할 수 없었을 뿐입니다.

제가 첫 단서를 잡은 것은 여기에 온 지 3개월 뒤였습니다. 저는 다른 신입 사원들과 함께 최상층 정거장에서 해바라기 23호가 채집한 아벨라노스-비올라 혜성의 샘플을 갖고 돌아오는 엘리베이터를 기다리고 있었습니다. 제 일 때문은 아니었어요. 엘리베이터가 도착할 무렵이면 늘 신입 몇 명을 거기로 올려 보냈지요. 이곳이 어떻게 돌아가는지 감을 익히라고요.

주제곡과 함께 엘리베이터가 도착하고 문이 열렸습니다. 과학자들은 궤도 정거장에서 포장해 보낸 상자들을 내려 카트에 담았습니다. 리더인 거 같은 나이 든 남자가 다른 사람들을 보고 이렇게 말하더군요. '이게 뭔지 알아? 별의 조각이야.'

'별의 조각이야.' 흔해 빠진 표현이고 누구나 할 수 있는 말이었습니다. 하지만 그 말이 끝나는 순간 제 머릿속에는 구체적인 경험의 기억이 떠올랐습니다. 얼굴이 보이지 않는 어떤 여자가 특정할 수 없는 목소리로 저에게 이렇게 말하고 있었습니다. '보세요, 길동이 아저씨. 별의 조각이에요.'

그건 그 여자를 사랑하는 어느 남자의 기억이었습니다.

저는 당연히 길동이라는 이름을 검색했습니다. 걸리는 게 전혀 없었습니다. 그렇다면 그것은 별명입니다. 홍길동 아니면 고길동. 십중팔구 홍길동입니다. 왜 홍길동일까? 동에 번쩍, 서에 번쩍하는 사람이라? 그건 아니겠지요. 그렇다면 그건 서자라는 뜻입니다. 그리고 파투산과 관련된 사람 중 고 한정혁 회장만큼 '서자'에 가까운 사람이 얼마나 될까요? 한부겸 전 회장이 옛 고려인 여자 친구의 아들을 입양한 거잖습니까. 그 때문에 다른 형제들과 사이가 엄청나게 안 좋았고요. 심지어 유전 질환이 있어서 아내인 정소미 교수가 한수현을 낳을 때 냉동 보관된 한부겸의 정자를 썼다는 루머도 돌았지요. 이 정도면 현대의 홍길동입니다. 그리고 그런 걸 놀려댈 수 있을 정도로 가까운 어떤 여자가 한정혁을 '길동이 아저씨'라고 불렀던 것입니다.

기분이 이상해졌습니다. 이게 한정혁 회장의 기억이라는 생각이 전에 들지 않은 건 아니었습니다. 누군가 중요한 사람의 기억이니까 저장되었겠지요. 파투산과 관련된 사람 중 최근에 죽은 주요 인사는 한 회장밖에 없었고요. 하지만 한 회장이 누군가를 이렇게 열정적으로 사랑하고 있었다는 건 이상하게 들렸습니다. 그리고 그 기억은 최근의 것일 수밖에 없었

습니다. 사랑의 기억은 세월이 지나면 변질되기 마련
이니까요.

전 한정혁 회장을 질투하기 시작했습니다. 얼굴도,
이름도 모르는 여자를 사랑했다는 이유로 죽은 남자
를 질투한 것입니다. 저는 그 남자가 죽기 전에 가졌
던 권력과 그 권력을 통해 구체화할 수 있었던 능력
과 야망을, 무엇보다 그 촌스러운 '길동이 아저씨'라
는 별명을 질투했습니다. 질투가 너무 심해진 나머지
전 한동안 여자의 정체를 밝히려는 의욕 자체를 잃어
버렸습니다.

여자의 정체를 알게 된 건 그로부터 딱 닷새 뒤였
습니다. 의욕이 있건 없건 그날은 올 수밖에 없었지
요. 그렇게 가까이 갔으니까요.

일요일이었습니다. 전 카페테리아에서 점심을 대
충 먹고 누나에게 줄 선물을 사러 구시가의 기념품
가게로 가는 중이었습니다. 1층 로비에 걸린 스크린
에서 회사가 제공하는 뉴스 화면이 떠 있었습니다.
지난 몇 달 동안 우리가 궤도 위로 부품을 올려 보낸
아프리카우주연합의 소행성 탐사선에 대한 내용이었
습니다. 몇몇 모르는 얼굴이 자막 위에서 입을 뻐끔

거렸습니다. 마지막으로 어떤 여자가 나와 이야기를 마무리 지었는데, 전 그만 그 자리에 못 박힌 듯 멈추어 설 수밖에 없었습니다. 그 여자의 얼굴이었어요. 그 여자라는 걸 모를 수가 없었습니다. 그 순간 수많은 기억이 막 스크린에 뜬 그 얼굴을 입고 폭포수처럼 쏟아져 나왔습니다. 너무 갑작스러워서 전 심한 두통에 시달렸습니다.

뉴스가 끝나고 여자의 얼굴이 사라졌습니다. 저는 이름을 검색하지 않았습니다. 아는 얼굴이고 아는 이름이었습니다. 회사에 들어오기 전부터 알았습니다. 단지 그때는 관심이 없었을 뿐입니다.

김재인이었습니다. LK우주개발연구소 소장 김재인."

(아마도)
# 내가 사랑하는 사람

진지하게 듣고 있던 내 얼굴이 일그러진다. 터져나오는 웃음을 참기 위해 나는 아랫입술을 깨문다. 누군가 김재인을 사랑하는 건 이해할 수 있는 일이다. 그 누군가가 한정혁이라면 징그럽지만 그래도 이해 못 할 정도는 아니다. 하지만 지금까지 전개되었던 이야기는 김재인의 익숙한 얼굴이 들어가면서 갑자기 얄팍해지고 통속적이 된다.

김재인은 한부겸의 외동딸 한사현의 딸이다. 한정혁이 그런 것처럼 피가 섞이지는 않았다. 집안의 반항아였던 한사현은 부모의 이혼 후 극단적인 반기업주의자가 되었다. LK와 관련된 사람들, 특히 한씨 집안 사람들은 싫어할 수밖에 없는 책을 세 권 썼다. 얄밉게도 이들은 모두 베스트셀러였고, 그중 얄팍하게 소설로 위장한 책 한 권은 일곱 시즌 분량의 드라마 시리즈로 각색됐다. 사람들이 LK에 대해 갖고 있는 이미지 절반은 여기서 나온다. 스물여섯 살 때 배우 김레나와 결혼했고 다음 해에 김재인이 태어났다. 한사현은 한씨 집안의 유전자를 남기는 것에 그리 관심이 없는 사람이었기 때문에 아기에 자기 유전자를 섞지 않았다. 서른다섯 살 때 한부겸이 죽었고 장례식에서 폭탄이 터졌다. 한사현은 당사자가 아니었다면 낄낄거리며 책 한 권짜리 농담으로 써 갈겼을 사건의 희생자 중 한 명이었다.

한사현은 생전에 한씨 집안의 돈은 한 푼도 받지 않겠다고 선언했지만 김레나는 보다 융통성 있는 사람이었다. 김재인은 은근슬쩍 집안에 편입됐다. 사촌들과 경쟁하는 대신 천문학자가 됐다. 열아홉 살 때 외계 생태계를 발견할 수 있는 새로운 방법을 제시한 논문에 이름을 올렸다. 스물다섯 살 때 정말로 그 방법을 통해 생명체가 있는 외계 행성이 발견됐다. 서른 살 때 LK우주개발연구소의 소장이 되었고 다들

이를 당연하다고 생각했다.

　어머니가 한국어권 최고의 미인이라는 말을 듣는 사람이고 나머지 유전자 절반이 어디에서 왔는지 (또는 어떻게 만들어졌는지) 모르겠지만 그 미모를 망치는 수준은 아니라, 김재인은 늘 대중의 관심을 끌었다. 당사자가 그렇게까지 매스컴을 타는 걸 좋아하지 않는 사람인데도 늘 여기저기 사진과 영상이 떴고 팬픽이 돌았다. 팬픽 유행은 서른두 살 때 여덟 살 어린 한국계 독일인인 테스트 파일럿 안톤 최와 결혼했을 때 잠시 주춤했지만, 남편이 결혼 8개월만에 스카이후크 사고로 죽으면서 다시 불이 붙었다.

　김재인은 그런 사람이다. 개인사는 드러난 건 별로 없지만 가능한 모든 이야기가 이미 팬픽으로 나와 있는 사람. 모든 이야기가 시작하기도 전에 진부해질 수밖에 없는 사람. 한정혁이 상대역인 팬픽에 대해서는 상상을 못 해봤지만 이미 나왔을 법도 하다. LK그룹이 LK스페이스의 전신인 오디세이를 인수한 건 김재인이 대학 입학을 준비 중이던 열네 살 때. 김재인을 위해 궤도 엘리베이터를 세웠다는 이야기를 누가 썼다고 해도 이상하지 않다. 누군가가 한정혁 회장을 로맨스의 주인공으로 상상한다는 것만으로도 온몸이 오그라들지만 이런 걸 만드는 사람들은 정도를 모른다.

그리고 그들이 맞았을지도 모른다.

나는 김재인에 대해 얼마나 알고 있는지 곱씹어본다. LK에 있었던 12년 동안 서른 번 정도 만났던 것 같다. 대부분 한 회장과 같이 있을 때였고 보도자료와 관련해서 따로 서너 번 이야기를 나눈 적도 있다. 나와 함께 있을 때 김재인은 사적인 이야기를 거의 하지 않았다. 한 회장을 "길동이 아저씨"라고 부르는 것도 본 적 없다. 보았다면 당황했으리라. 내가 아는 김재인과 한 회장의 캐릭터와 전혀 맞지 않았으니까.

내가 아는 김재인은 건조하고 냉랭하고 사무적이고 아무 인간적 매력이 없는 사람이다. 어떤 매력도 없어서 한쪽 어머니에게서 물려받은 외모가 더 도드라진 사람이다. 같이 일하는 천문학자나 우주공학 전문가들의 생각은 다르겠지만 내가 아는 김재인은 그렇다. 멀리서 숭배하는 거야 나도 할 수 있지만 가까이에서도 그럴까. 나는 아직도 안톤 최가 김재인의 어디에 끌렸는지 모르겠다. 통제 불능의 섹시한 야수

같던 그 남자와 잡지 화보에서 오려낸 종잇장처럼 얄팍한 김재인은 어울리는 구석이 없었다.

나는 한 회장의 입장에 서보려 한다. 두 사람 모두 한씨 집안에서 아웃사이더였으니 새로 들어온 조카뻘되는 여자아이에게 동질감을 느꼈을 수도 있다. 그게 사랑으로 발전했을 수도 있다. 한정혁이 김레나의 팬이었고 모녀의 외모 유사성이 로맨틱한 상상력을 자극했을 수도 있다. 내가 지금까지 생각하지 못했던 온갖 가능성이 있었으리라. 내가 이 남자의 마음을 어디까지 알 수 있겠는가. 내가 지금까지 안다고 생각했던 한정혁은 나의 소망과 필요성에 의해 몇몇 표면의 조각들이 조립된 결과물에 불과하다. 김재인도 다를 게 없다. 내가 멋없고 지루하다고 느낀 그 표면 밑에 뭐가 있는지 어떻게 아는가.

나는 잠시 이야기를 멈춘 최강우의 얼굴을 바라본다. 며칠 면도를 건너뛰어 듬성듬성 수염 자국이 보이는 얼굴. 양쪽 볼에 섬처럼 동그랗게 자란 수염은 우스꽝스러워 보인다. 나이보다 늙어 보이는 얼굴이라고 했지만 지금 표정은 어설프게 자란 강아지 같다. 그리고 누군가와 닮았다. 이제는 알겠다. 안톤

110

최. 최강우는 안톤.최와 애매하게 닮은 버전이다. 사기꾼 콤비의 리스트에 오른 다른 남자들도 마찬가지다. 어설픈 안톤 최. 죽은 자가 무책임하게 발산하던 성적 매력을 무시하고 대충 비슷한 외모만 기계적으로 추려낸 결과물.

나는 한 회장의 외모에 대해 생각한다. 울퉁불퉁 못생긴 두상, 축 처진 가는 눈과 늘 웃는 것 같은 입꼬리 때문에 어릿광대처럼 보이는 얼굴, 작고 두툼하고 투박한 몸. 모계로부터 규격화된 미모를 꾸준히 물려받은 다른 형제들 사이에서 한 회장은 더욱 튀었다. 추하지만 강렬한 얼굴이었고 생전에 이를 교묘하게 이용했기에 나는 한 회장이 자신의 외모에 대해 불만이 있을 거라는 생각은 해본 적이 없었다. 하지만 그건 몇십 살 어린 젊은 여자를 사랑하는 연인의 위치에 자신을 놓고 있다는 걸 몰랐을 때 일이다. 한 회장의 미감을 놓고 생각해보았을 때 그 몸으로 김재인을 사랑하는 건 끔찍한 일이었을지도 모른다.

죽은 한정혁 회장의 정신 일부였던 것 같은 무언가가 김재인의 죽은 남편을 어설프게 닮은 남자의 머릿속에 들어갔다. 그리고 그 남자는 지금 김재인과 궤도 엘리베이터를 열정적으로 사랑하고 있다.

앞에서 나는 회장의 사적인 정보를 보존하는 건 무의미한 일이라 생각했다고 말했다. 그때 나는 한 가지 결정적인 것을 빼먹었다. 한정혁 회장이 죽은 뒤에도 남기고 싶었던 것, 살아남아 불멸하게 하고 싶었던 것이 하나 있었다. 나는 내가 갖고 있던 한 회장의 이미지에 갇혀 그걸 보지 못했다.

그것은 사랑이다.

## 앞으로 해야 할 일

"앞으로 뭘 할 생각입니까?"

내가 묻는다.

"모르겠어요."

최강우가 대답한다.

"바이오봇이 뭘 하라고 지시하지 않아요?"

"아뇨."

"그냥 궤도 엘리베이터가 좋고 김재인이 좋아요?"

내가 어린애 취급한다고 생각했는지 녀석의 얼굴
이 일그러진다.

나는 의자에서 일어난다. 트레일러 구석 에어컨에
서 흘러나오는 희미한 소음과 바람의 흐름을 느끼며

천천히 걷는다.

"이건 우리 둘만의 비밀이 아닙니다. 다른 누군가들도 조금씩 알고 있어요. AI인지, 사람인지는 알 수 없지만, 이 모든 걸 지휘하고 있는 누군가가 있습니다. 지금 LK로보틱스에 재고용된 사기꾼들도 당신 뇌에 심은 바이오봇이 뭔가 특별하다는 것을 짐작하고 있을 겁니다. 당신만 특별 대접을 받았으니까요. 얼마 전에 당신이 세케와엘이라는 이름으로 알고 있는 남자를 고용한 누군가도 뭔가 대충은 알고 있었습니다. 단지 그쪽은 원하는 정보가 웹 안에 들어 있다고 착각했을 뿐이죠. 저번 사고가 터진 뒤로 당신을 의심하는 사람들이 하나둘씩 늘어나고 있습니다. 모두들 단서들을 조합해 자기만의 이야기를 쓸 겁니다. 그 이야기들이 어디로 흘러가건 중반엔 모두 하나로 수렴되겠지요."

트레일러 안을 한 바퀴 돌아 다시 최강우 앞에 선 나는 손가락으로 녀석의 이마를 툭툭 친다.

"다들 LK스페이스의 신입 사원 최강우의 머리를 노릴 거란 말입니다. 산 채로 가져오는 게 가장 좋겠지만 죽어도 큰 상관은 없지요. 요샌 장비가 좋아져

서."

녀석의 얼굴이 새파랗게 질리고 나는 만족한다.

"이 상황에서 나는 어떻게 해야 할까요? 나는 오로지 LK의 시스템 안에서만 그럭저럭 존재하는 사람입니다. 국적도 없고 신분도 조작되었지요. 지난 10여 년간 한정혁 회장은 나에게 든든한 울타리였습니다. 지금도 그럭저럭 버티고 있지만 이게 언제까지 갈지 알 수 없습니다. 만약 한수현이 로스 리를 밀어내고 LK를 장악한다면? 그 친구는 아버지와 관련된 모든 걸 싫어합니다. 아버지라고 인정하지도 않지요. 진짜 아버지는 지금 할아버지라고 부르는 고 한부겸 전 회장이니까. 네, 그 루머가 맞습니다. 양아들에게 유전 질환이 있다는 걸 알게 되자 직접 지시했지요. 한수현도 그걸 알고 있습니다. 그러니 로스 리가 물러난다면 난 끝장입니다. 한수현은 한정혁 회장이 남긴 모든 것들을 청소할 것이고 그중엔 당연히 나도 포함되어 있으니까. 아, 혹시 내 진짜 이름을 압니까? 한 번 말해 봐요. 생각하지 말고 당장."

최강우는 더듬거리며 내 본명을 말한다. 지난 12년 동안 단 한 번도 들어본 적 없었던 내 이름을.

"그 이름으로 검색해보면 내 상황이 짐작될 겁니다. 아니, 이것도 기다리다 보면 그냥 떠오를지도 모르지. 한정혁 회장은 자신에게 절대로 충성할 수 있는 결함 있는 사람들을 찾아내는 데에 천재적이었어요. 문제는 죽은 뒤에는 이 사람들을 챙겨줄 수 없었다는 겁니다. 그렇다면 당신은 나에게 두 번째 기회입니다. 이 신분으로 은퇴해서 알래스카 같은 곳에서 북극곰을 구경하며 평화롭게 죽어갈 수 있는 기회."

"하지만 전 아무것도 몰라요."

"얼마나 알고 얼마나 모르는지도 모르잖아요? 당신 뇌는 지금 엉망진창입니다. 회사에서 심은 웜과 어떻게 연결되는지도 모르지요. 그걸 떼어놓고 봐도 엉망진창인 건 달라지지 않죠. 당신은 과대망상과 정체성 혼란에 빠져 있고 머릿속엔 죽은 남자의 유령이 들어 있는데다가 만난 적도 없는 여자를 사랑하고 있습니다. 궤도 엘리베이터에 대해 썩 잘 안다고 생각하지만, 그 지식이 얼마나 진짜인지 어떻게 알지요? 그건 다 남이 넣어준 지식입니다. 그 안에 부비트랩이 설치되었을 수도 있습니다. 그걸 건드리는 순간 오쇼네시의 웜처럼 뇌가 펑하고 터지는 거지. 그냥 글리치가 꼈을 수도 있습니다. 기억 전송 기술은 아직 완벽하지 않으니까. 기억을 얼마나 검증해봤나요?"

꽤 해본 모양이다. 얼굴에 자신감이 돌아온 걸 보면. 하지만 나는 녀석이 입을 벌릴 기회를 주지 않고 말을 이어간다.

"내가 보기에 당신은 아무 생각도, 계획도 없습니다. 그냥 이전에 나비를 따라다니며 놀았던 것처럼 궤도 엘리베이터와 김재인에 대한 사랑을 즐기고 있었던 거예요. 당신과 같이 회사에 들어온 사람들은 지금 미친 것처럼 일하고 공부하고 있겠지만 당신도 그런가요? 그럴 리가. 아, 남이 보기에 일하는 것처럼, 공부하는 것처럼 보이긴 했겠죠. 하지만 그건 남이 부어 주는 술을 마시는 것과 크게 다르지 않았겠지요. 그것도 좋은 일입니다. 내가 참견할 일이 아니지. 하지만 오쇼네시가 당신 윔을 뽑아가려고 한 순간부터 좋은 시절은 끝났습니다. 당신은 사냥철의 토끼입니다. 벅스 버니처럼 또릿또릿 머리를 굴리지 않으면 죽습니다. 아니, 죽는 건 그중 사치일지도 모르죠."

"제발 그만해요!"

"그만한다고 상황이 달라질까요? 그래도 나를 만난 게 행운입니다. 아니, 이것도 죽은 회장의 치밀한 계산일지 모르지요. 흐리멍덩한 로스 리와 욕심만 많고 아둔한 한수현으로부터 LK와 우리 같은 사람을 지킬 수 있게 처음부터 짜놓은 각본일 수 있다고요. 오쇼네시를 고용한 게 죽은 회장이라는 생각도 드는군요. 제발 정신차리라고. 아니, 아니겠지요. 이렇게 운에 모든 걸 맡길 사람은 아니었으니까. 아니, 또 모르지. 내가 한 회장에 대해 뭘 안다고?"

갑자기 울분이 터진 나는 멈추어 서서 머리를 긁는다. 간신히 진정한 나는 벙찐 표정을 짓고 있는 최강우에게 걸어간다.

"욕심을 내요. 그게 당신이, 아마 나도 살아남을 수 있는 유일한 길입니다. 당신이 가진 모든 것을 확인하고 이용해요. 잘하면 LK를 정복할 수 있을지도 모릅니다. 더 운이 좋으면 김재인과 침대에서 뒹굴 수 있을지도 모르지. 당신은 전 세계 모든 테크 너드들이 꿈꾸던 판타지 속에 있어요. 그런데…"

"그럴 생각이 없어요."

"아니, 도대체 왜?"

"제 말은 회장이 김재인에게 그런 생각을 품은 적이 없다고요."

뭐야? 그럼 한 회장이 품고 있었던 감정은 그냥 격렬한 가족애였나? 그럴 수도 있는 일이다. 피는 안 섞였어도 조카에게 그런 욕망을 품으면 징그러우니까. 아니, 아닌 것 같다. 이건 지금까지 최강우가 한 이야기와 그리 잘 맞지 않는다. 그러나 지금은 디테일을 따질 때가 아니다.

"하나씩 합시다. 지금 먼저 해야 할 일은 우리를 보호하는 겁니다. 여기서 가장 큰 문제가 되는 건 우리 뇌 속에 들어 있는 윕이죠. 방화벽을 강화하는 것만으로는 부족합니다. 회사는 언제든 우리 윕 속을 꿰뚫어 볼 수 있을 테니까. 당신 경우는 뇌와 윕이 어떻게 연결이 되어 있는지 아직 알 수 없으니 더 까다롭지. 다행히도 나에겐 이런 걸 해결해줄 수도 있는 사람을 알고 있어요. 문제는…"

"문제는?"

"내가 그 여자를 믿을 수가 있을까?"

# 요정의 날개 밑

"잘생겼네."

"너무 진지하게 말하지 마. 진짜인 줄 알아."

"하지만 안톤 최랑 닮았는지는 잘 모르겠다."

"그냥 기계적으로 외모만 따왔으니까. 외모는 사람 매력의 일부에 불과하잖아."

"그런가? 안톤 최에게 다른 매력이 있었어? 네가 그 친구를 예쁘게 봤다는 건 알아. 하지만 무리한 곡 예를 부리다 고장 난 우주선과 함께 불타 사라진 것 외에 뭐가 있었다는 거지? 그리고 요즘 시대에 테스트 파일럿이라는 직업이 말이 돼? 그건 실험쥐의 다른 이름이 아닌가?"

수막 그라스캄프는 짜증 난다는 듯 신음 소리를 낸다.

"그에 비하면 네가 재미없어 하는 김재인은 실체가 있는 사람이야. 외계 행성계에서 새로운 종류의 생명체를 발견했고 LK스페이스에서 현실화되는 비전 절반이 지금도 그 사람에게서 나와. 지금 LK스페이스를 대표하는 건 할아버지의 모조품에 불과한 한수현이 아니라 김재인이지. 김재인에 대한 저 친구의 사랑은 뻔해 보일지 몰라도 네가 생각하는 것처럼 공허하지는 않아."

"저, 저기요."

최강우가 끼어든다. 무슨 이야기가 이어지나 했는데 그게 끝이다. 그냥 우리 옆에 당사자인 자기가 있다는 걸 알아달라는 말이었나 보다.

"이제 뭐하고 싶은데?"

그라스캄프가 묻는다.

"일단 바이오봇에 들어 있던 정보를 모두 활성화시키고 그걸 회사로부터 보호해야지. 그래서 여기에 온 거야."

"우리가 할 수 있는 건 어떻게 알고?"

"너에게 넘기기 전에 네베루 오쇼네시의 뇌를 검사해봤으니까. 당시엔 바이오봇의 가능성을 염두에 두지 않았어. 웜에만 신경 썼지. 하지만 아는 만큼 보이는 법. 이제 나는 그린페어리가 상당한 수준의 바이오봇 테크놀로지를 갖고 있다는 걸 알아. LK 어딘가에서 정보가 샌 거지."

그라스캄프는 머리를 뒤로 젖히며 소리 내어 웃는다.

"정보가 샌 게 아니야, 맥. LK로보틱스에서 직접 받았어. 그쪽에선 실용화하기 전에 융통성 있는 인간 실험 대상이 필요했던 거야. 우리가 먼저였고 그다음이 저 친구였지."

"오쇼네시도 바이오봇으로 조종당한 거였을까?"

"우리도 그 가능성을 염두에 두고 있어. 바이오봇 시술을 받은 직원 네 명을 모두 불러들였고 모두 웜을 하나씩 더 박았어. 저 친구도 우리가 관리해줄 수 있지. 문제는 네가 우리를 믿을 수 있느냐는 거야."

"당연히 못 믿어. 네가 저 친구의 뇌를 수거해 어딘가에 팔려고 지금 거짓말을 하고 있을 가능성도 만만치 않게 높지. 오쇼네시가 네 조종을 받아 날뛰었을 가능성도 마찬가지로 높고. 하지만 지금 이 상황에서는 너에게 기대는 게 그나마 우리가 살아남을 가능성이 높아."

"김재인에 보호를 요청하는 게 더 낫지 않아? 그 사람이 나보다 더 믿을 만할 거야."

"그렇게 할 거야. 하지만 그러기 전에 우리가 무얼 가지고 있는지 알아야지."

"안전한 것도 좋지만 그래도 뜯어먹을 수 있는 건 최대한 다 뜯어먹겠다?"

"그게 잘못됐나?"

"그런 건 아니지만 저 친구도 그렇게 생각해?"

나는 그라스캄프가 앙상한 손가락으로 가리킨 최강우의 경직된 얼굴을 바라본다. 표정 변화만으로 머릿속에서 무슨 생각이 굴러가고 있는지 알겠다. 정체불명의 누군가에게 살해당하고 뇌를 강탈당하는 건 무섭다. 하지만 김재인에게 보호를 요청하고 그 밑으로 들어가는 건 체면이 안 선다. 녀석은 자신의 남자다움을 지키고 최대한 평등한 자세로 그 여자 앞에 서기를 바란다.

"뭐든지 빨리 해주세요."

녀석이 간신히 말한다.

"원한다면 어쩔 수 없지. 하지만 저 늙은 구렁이가 당신의 짝사랑을 이용해먹고 있다는 걸 잊지 말아요."

그라스캄프는 손가락을 튕긴다. 지금까지 동그란 자동차들과 길 건너의 프랑스식 건물들을 보여주고 있던 창문이 갑자기 시꺼메진다. 우리가 속았다. 지금까지 1층이라고 여겼던 사무실은 사실 지하 어딘가였고 그린페어리는 처음부터 우리의 탈출로를 막고 있었다. 하지만 이 상황은 오히려 안심스럽기도 하다. 이 상황에서 이렇게 꼼꼼하게 의중을 물었다는 건 오히려 악의가 없다는 의미일 수 있다.

문이 열리고 네 여자가 바퀴 달린 리클라이너를 끌고 들어온다. 그중 정신이 산만해질 정도로 산발에 흰 가운을 입고 있는 사람은 내가 얼굴을 알고 있다. 빌라이본 방 박사라는 이름으로 기억하는데, 아마 진짜로 그렇게 발음되지는 않을 거다. 보안부에서 대외업무부를 통해 고용하려 했었는데, 그린페어리로 갔다. 여기가 더 불법적인 곳이라 좋았겠지.

여자들은 최강우를 억지로 리클라이너에 앉힌다.

여섯 개의 검은 팔이 꿈틀거리며 솟아 나와 녀석의 몸을 결박한다. 방 박사가 왼손에 들고 있던 스팀펑크 쓰레기처럼 생긴 헬멧을 머리에 씌운다. 헬멧이 고정되자 여자들은 리클라이너를 밀고 나왔던 문으로 퇴장한다.

"이렇게 급할 필요가 있나?"

내가 묻는다.

"지금도 너무 늦었어. LK에서 빈둥거리는 동안 감이 떨어졌나 보네? 반다르스리브가완에서 여기까지 오는 동안 제법 조심을 했더군. 그건 인정해. 하지만 여기 들어오면서 그렇게 쉽게 무장을 해제해버리면 어떡해. 우리 회사 안에 온갖 이중 스파이가 들끓고 있을 거란 생각은 안 해봤어?"

"그 정도는 당신이 알아서 처리할 줄 알았지."

"내가 왜? 그 요긴한 것들을 왜 치워?"

# 투명한 짐승들의 전쟁

　여자들은 세 대의 트럭이 기다리고 있는 주차장으로 최강우를 몰고 간다. 최강우는 왼쪽 트럭에, 나와 그라스캄프는 두 번째 트럭에 탄다. 문이 닫히고 서서히 가속이 느껴지지만, 진동은 전혀 없다. 그린페어리가 할리우드 기술을 총동원해 만든 이동 실험실이다. 비슷한 기술을 쓴 촬영용 우주선 몇 대를 한 달 전에도 엘리베이터로 올려보냈다. 일주일 뒤에 달 궤도에서 시작될 우주 전쟁 리얼리티 쇼를 위한 장비들이었다.

　"저 친구 웜의 통제 키를 줘."

　그라스캄프가 말한다.

"뭘 하려는 건지 설명해주기 전엔 곤란하지."

"좋아. 간단히 설명할게. 네가 여기로 들어오면서 최강우의 존재가 사방에 노출됐어. 어디로 노출되었는지, 누가 저 친구를 노리고 있는지는 우리도 몰라. 그걸 알아내려고 이중 스파이들을 방치하고 있는 거고. 이동연구실은 유일한 대안이야. 막 리모델링이 끝난 건물을 이 일로 망칠 수는 없잖아. 새 웜을 주입할 시간도 없어. 이미 뇌 속에 들어 있는 LK 웜을 쓸 수밖에 없지. 다행히도 우린 LK 웜에 대해 알 만큼 알고 실험도 해봤어. 저번에 들통난 부정행위자들 세 명을 우리 회사로 데려와 실험해봤지. 걱정해줄 필요 없어. 다들 무사하니까. 한 명이 기억장애로 애먹긴 했지만, 우리가 새 인공해마를 넣어줬지. 나아질 거야. 몇 년 치 기억은 사라졌지만 십 대 때 기억을 짊어지고 살아서 뭐하게. 어차피 바이오봇이 변형시킨 뇌 조직이나 웜이나 기능은 비슷하고 모두 해마와 연결되어 있어. 웜의 기존 기능만으로 나머지 기억을 활성화시키는 건 그렇게 어렵지 않아. 부작용은 아직 모르겠다. 하자가 생기면 우리가 치료해줄게. 키!"

나는 폰을 꺼내 넘겨준다. 초록 마녀의 엄지가 폰

을 훑는다. 한쪽 벽의 스크린이 켜지고 최강우가 있는 이동연구실이 보인다. 그쪽 연구실 스크린에서는 우리를 영사하고 있어서 거대한 거울 미로 안에 들어간 기분이다. 키를 전달받은 방 박사가 프랑켄슈타인 박사의 실험실에서 훔쳐와 리클라이너에 박아놓은 것 같은 커다란 놋쇠 레버를 잡아당긴다. 최강우는 몸을 부르르 떨며 비명을 질러대고 방 박사는 소리 내어 웃는다. 일을 지나치게 즐기고 있는 것 같아 보여 걱정된다. 암만 봐도 최강우의 안전과 건강은 저 사람 우선순위 리스트에서 한참 밑에 있는 것 같다.

여전히 진동은 없지만 급격한 회전이 느껴진다. 나는 웜과 폰의 지도 서비스로 내 위치를 확인하려 하지만 둘 다 먹통이다. 이동연구실의 차단막이 신호를 막고 있다. 나에게 주어진 유일한 정보는 가감속과 회전의 느낌이다. 익숙한 곳이라면 이것도 유용하겠지만 비엔티안은 실제로 어떻게 발음하는지도 확신할 수 없는 낯선 도시이고 나는 이곳 지리에 대해서도 아는 게 아무것도 없다. 단지 최강우가 꿈틀거리고 있는 스크린 저편의 이동연구실이 우리와는 다른 길을 가고 있다는 것은 알겠다. 우리가 직선으로 질

주하는 동안 저쪽은 위태로울 정도로 험악하게 우회
전을 하고 있다.

"우리도 그동안 바빴어."

그라스캄프가 말을 이었다.

"파투산에서 받은 오쇼네시의 뇌를 세포 단위로 다
시 해부하고 1년 동안 전송된 웜의 백업 자료를 검토
했지. 바이오봇은 일종의 트로이의 목마로, 죽어가는
동안 오쇼네시 뇌 속에 이미 들어가 있던 우리 회사
의 웜을 천천히 조작하고 있었어. 우리가 그걸 그때
까지 몰랐냐고? 아니, 당연히 알았지. 우린 그걸 LK
내부로 들어갈 수 있는 통로라고 생각했어. 팔라에선
너에게 진실을 말하지 않았어. 미안. 솔직히 별로 미
안하지는 않지만.

오쇼네시가 이상하게 행동하기 시작했을 때 우린
그 사실을 즉시 알아차렸고 오쇼네시 자신도 자기
가 통제되고 있다는 걸 알았어. 조종하는 쪽도 우리
가 그걸 안다는 사실을 알았고. 어느 쪽이 몇 걸음을
더 앞서느냐의 게임이었는데 그만 우리가 졌던 거지.
녀석들은 아주 교활했어. 건드리지 않은 것처럼 보였
던 다른 네 명의 웜 역시 교묘하게 조작해 오쇼네시

윔에서 나오는 데이터 분석에 혼선을 유도했던 거야. 우리도 여기에 대해서는 대비가 되어 있다고 생각했는데… 알잖아, 맥. 지금 세상엔 크리스티 소설에 나오는 놀라운 반전 같은 건 없어.

그래도 우린 우리가 상대하는 쪽이 누구인지 알아냈어. LK 보안부. 적어도 보안부 내부의 어떤 집단. 모든 냄새가 거기서 나. 오쇼네시가 죽기 전엔 80퍼센트 확실했는데, 지금은 96퍼센트 확실하지. 그 사건 이후 대외업무부에서 갈팡질팡하는 걸 보고 확신했어. 대외업무부가 가장 모르는 건 보안부지. 그렇지 않아? 너네들은 모두 세포에 흡수된 미토콘드리아들처럼 LK에 들어오기 전엔 다른 회사였고 지금도 경쟁 중이야. 너희 단위에서는 협조 따원 하지 않지.

물론 보안부 단독 행동은 아니야. 윗선이 있어. 그 윗선이 김재인이라면 너네는 사자굴에 자기 발로 들어가는 것이겠지."

"그렇지는 않을 거야. 그 사람은 동기가 없잖아."

"그럴까? 그럼 다른 사람들은 동기가 있어? LK의 올림푸스에서 무슨 일이 벌어지고 있는지 얼마나 알고 있는데? 넌 지금까지 중요한 정보가 바이오봇을 통해 저 친구의 뇌에 직접 이식되었고 LK의 웜은 깨끗하다고 생각했지. 하지만 아니거든. 대외업무부의 분석 따위는 가볍게 통과하는 제2의 프로그램이 저 안에 들어 있어. 그게 지금까지 저 친구 뇌 속의 정보들을 흡수하고 정리했던 거지. 그 결과물을 어딘가로 보냈을 수도 있는데, 그건 아직 모르겠어. 그러니까 웜을 뽑아서 보내는 건 무의미한 일이 아니었어."

"왜 보안부에서 그렇게 번거롭게 일을 하지? 그 전까지 아무도 최강우 따위에겐 신경을 안 썼어. 그냥 밤에 아파트로 전문가 몇 명을 보내 웜을 바꿔치기만 해도 된다고. 소란도 없고 심지어 죽일 필요도 없어. 세뇌된 사설 스파이 조직 직원을 조종하는 귀찮은 짓 따위는 안 해도 돼."

"하지만 그런 일은 일어났어. 그러니 그 윗선에선 그게 그럴싸한 계획이었던 거야. 왜 그렇게 생각했는지는 아직 모르겠지만. 그러니까…"

그라스캄프는 갑자기 말을 끊고 손가락을 입술에 가져간다. 그 순간 연구실은 휘청거리고 우리의 몸은 위와 옆으로 쏠린다. 나는 스크린을 본다. 최강우는 여전히 직진하는 연구실 안에서 비명을 지르고 있다.

멈춘 적은 있었을까? 초록 마녀와 이야기를 나누다 나는 잠시 저쪽의 존재를 잊고 있었다.

비명이 멎는다. 헬멧이 벗겨지고 결박이 풀린다. 여자들은 의식 잃은 최강우의 몸을 의자에서 밀어내고 어린이용 보호의자를 부풀린 것 같은 물건에 앉힌다. 그 순간 그쪽 벽 스크린이 꺼지고 붉은색 구멍이 생긴다. 스크린과 함께 벽이 뜯겨 나고 연구실이 흔들린다. 지금까지 내부를 안정적으로 유지하고 있던 할리우드 기계가 고장 난 것이다. 방 박사는 카메라를 향해 뭐라고 고함을 치고, 그 순간 우리 쪽 스크린도 시꺼메진다.

그라스캄프는 손가락을 튕긴다. 그와 함께 스크린 맞은편 벽에 접혀 있던 길쭉한 돌고래 모양의 2인승 바이크가 내려온다. 바닥에 닿기 직전에 구형의 바퀴 두 개가 삐져나오고 어설프게 투명해진다. 나는 그라스캄프의 지시에 따라 움푹 들어간 뒷좌석에 앉는다. 뒤에서 올라온 완두콩 모양 캐노피가 닫힌다.

"단단히 각오해."

연구실 뒤의 문이 열리고 바이크가 튀어나간다.

트럭은 거대한 쓰레기장 한가운데에 90도로 쓰러

져 있다. 트럭의 표면은 지금까지 받은 공격으로 울퉁불퉁하고 곧 찢어질 것 같다. 군데군데 파괴된 비행 드론과 로봇차들이 뒹굴고 있다. 하늘이 껌뻑거린다. 바로 몇 초 전까지만 해도 트럭을 중심으로 공중전을 벌이고 있던 투명막을 입은 비행 드론이 서쪽 하늘을 향해 날아가고 있다. 절반은 우리 편, 나머지는 정체를 알 수 없는 적이다. 투명막을 잃은 드론 하나가 추락한다. 그 거리에서는 어느 편인지 알 수 없다.

윔이 작동하고 창이 열린다. 지도다. 서쪽을 향해 달려가는 붉은 점은 우리가 탄 바이크다. 서쪽에서 우리 쪽을 향해 초록 점 하나가 달려오고 있다. 초록 점 주변을 깜빡이는 노란 점들이 둘러싸고 있다. 그 주변을 또 파란 점들이 둘러싸고 있다.

새 창이 하나 열린다. 밑에서 광각렌즈로 찍어 우스꽝스럽게 일그러진 방 박사의 얼굴이다. 뭐라고 침을 튀기며 떠들고 있는데 뜻은커녕 정체도 짐작도 할 수 없는 언어다. 아프리칸스도, 라오스어도 아니다. 그나마 비슷한 건 피그 라틴. 설마 정말 피그 라틴일까.

세 번째 창이 열린다. 우리 측 드론이 찍은 영상이다. 투명막을 입어 꿈틀거리는 아지랑이 덩어리처럼 보이는 바이크가 폐허가 된 공장 지대를 질주하고 있다. 적기에게 바늘을 쏘아대고 있는 작은 드론들이 주변에서 껌뻑이고 있다. 멀리서 그쪽을 향해 달려오는 바이크와 우리와 함께 트럭에서 쏟아져 나온 비행 드론 무리들이 보인다. 나는 창을 모두 끄고 맞은편에서 우리를 향해 달려오는 투명막을 입은 바이크를 확인한다. 사방에서 들려오는 총격음과 함께 주변 공간 전체가 흔들리며 깨지는 것 같다. 투명한 짐승들의 전쟁터. 나는 이를 악물고 눈을 감는다. 이런 곳에 있기엔 난 너무 늙었어.

바이크가 회전하고 점프한다. 앞에 튀어나온 두 개의 기관총이 바늘 폭탄들을 발사한다. 드론 두 대가 추락하고 폭음과 함께 땅 전체가 흔들린다. 나는 한쪽 눈만 떴다가 고함을 지른다. 투명막을 잃은 두 대의 드론이 맞은편 바이크를 향해 날아가고 있다. 한 대는 아직 투명한 다른 드론이 머리를 박아 옆으로 튕겨 나가지만 다른 하나는 바이크와 충돌한다. 노란 불꽃이 번쩍이고 사방에 금속 파편이 튄다.

하늘이 반짝이다 갑자기 어두워진다. 내 윔이 다시 꺼지고 지금까지 서로에게 바늘을 쏘아대던 드론들이 거의 동시에 투명막을 잃고 추락한다. 드론 하나가 지금까지 품고 있던 차단 폭탄을 터트린 것이다.

나는 바이크에서 뛰어나온다. 맞은편 바이크는 산산조각이 나 형체를 알아볼 수 없다. 나는 최강우와 방 박사의 시체를 찾으려 주변을 훑는다. 두 동강 난 시체처럼 보이는 것이 파편 밑에 깔려 있다. 나는 파편을 집어 든다.

동강 난 나무 인형이다. 방 박사의 얼굴을 흉내 낸 가면을 뒤집어쓴.

뒤에서 낄낄거리는 웃음소리가 들린다. 나는 지금까지 내가 초록 마녀가 벌인 게임의 일부였다는 사실을 알아차린다.

"어디까지가 진짜야?"

내가 묻는다.

"네가 스크린에서 본 것 중엔 진짜는 없어, 맥. 어때? 그럴싸했지? 지나치게 연극스럽긴 했지만, 사실적이기만 하면 무슨 재미야?"

"최강우가 탄 트럭은 무사해?"

"세 대 모두 미끼야. 그런 정교한 작업을 트럭 안에서 할 수는 없지. 그 친구는 우리 회사를 벗어난 적 없어. 아, 지금은 아니다. 십 분 전에 작업이 끝나서 밖으로 내보냈어."

## 너무 늦게 기억난 이름

윔이 다시 켜진다. 텅 비어 있다. 조지 샌더스 목소리의 내 개인 비서도 사라졌고 기본 프로그램을 제외한 모든 것이 날아갔다. 시험 삼아 회사와 연결을 시도해보지만 허사다. 나와 LK는 이제 완벽한 남남이다. 이걸 어떻게 변명하지? 나중에 생각해도 된다고 말하고 싶지만, 불안은 날아가지 않는다.

기본 조치는 해놓았다. 반다르스리브가완으로 떠나면서 나는 나 자신에게 5일 휴가를 주었다. 그림이 그리 이상하지는 않다. 살인미수 사건이 터져 잠시 비상사태이긴 했지만 언제나처럼 지나치게 열성적인 미리암이 있으니 내가 굳이 없어도 된다. 나와 최강우는 다른 비행기로 파투산을 떠났지만 이 정도면 대외업무부의 사정을 캐는 무리에겐 내가 대외업무부의 보스로서 앞으로 또 있을 수도 있는 살인 위협으로부터 최강우를 직접 보호하는 임무를 수행하는 것처럼 보일 것이다. 이중으로 그럴싸한 거짓말이다. 비상용으로 내 아바타를 연결해놓고 떠났으니 엄청나게 까다로운 사태가 닥치지 않는다면 그게 내 허수아비 역할을 해줄 수 있다. 심지어 아바타가 폭로된다고 해도 여전히 이야기는 만들어진다. 내 직업이란 게 원래 그렇다. 거짓말을 하고 술수를 부리는 건 나에게 일상 행위다.

단지 이 술수가 렉스 타마키에겐 어떻게 보일 것인가.

타마키와 나는 처음 만난 순간부터 서로를 상대로 체스를 두었다. 업무만 따진다면 우린 굳이 경쟁할 필요가 없었다. 하지만 한 회사가 두 범죄자 무리를 동시에 고용해 인근 업무를 맡긴다면 이들은 서로를 견제하기 마련이다. 이들을 고용한 보스가 갑자기 죽어 충성의 대상이 사라진다면 더욱 그렇다. 죽은 회장은 우리의 긴장 관계를 즐기며 둘 사이에서 시너지를 창출해냈지만, 회장만큼 변태가 아닌 후계자들은 우리 둘을 합치거나 한쪽을 제거하는 게 더 효율적이라고 생각할 가능성이 컸다. 지금까지 우리 둘이 버티고 있는 건 순전히 로스 리의 흐리멍덩한 게으름 때문이었다.

진짜 정보를 쥐고 있는 건 늘 보안부 쪽이니 불리한 건 우리다. 그 때문에 우린 더 긴장하며 정보를 모아왔다. 그들이 회사를 위해 진짜로 무슨 일을 저지르는지는 알 바 아니다. 하지만 그 음모가 우리를 향하고 있다면 사정이 다르다.

렉스 타마키에 대해 내가 확신할 수 있는 건 단 하나다. 어떤 믿음도, 비전도, 정치적 성향도 없는 지극히 세속적이고 얄팍한 남자. 시간만 나면 늘 여자들을 쫓아다니고 사치와 위험한 자극을 좋아한다. 이 게임에서 우리가 불리한 이유가 여기 있다. 나와는 달리 녀석은 이 게임을 진짜로 재미있어 한다. 이 정도 세월이면 내 정체를 알아냈을 법한데도, 회장 사후 이 카드를 쓰지 않은 이유도 이 때문일 것이다. 녀석에겐 세상은 놀이터이고 나와 대외업무부도 놀잇감 중 하나에 불과하다. 보안부가 한수현에게 적극적으로 협조하지 않는 이유도 그 때문이다. 타마키에게 한수현은 세상에서 가장 재미없는 인간이기 때문에.

보안부가 최강우 살인미수의 배후에 있을 것 같지는 않다. 일단 너무 서툴다. 일부러 서투른 척 했을 이유도 찾기 어렵다. 그들도 우리처럼 진범을 찾아 돌아다니고 있을 가능성이 크다. 문제는 저들이 얼마나 진상에 접근했느냐이다. 이미 진상을 알고 있다면 그걸 어떻게 써먹을 생각일까?

일단은 미리암을 믿어보기로 하자. 보안부에 한해서는 예민하기 짝이 없는 사람이니까.

일어나 거울을 본다. 성형 전 때와 비슷하지만 느낌이 전혀 다르고 열 살 정도 젊어 보이는 얼굴. 진한 갈색으로 염색하고 바짝 깎은 머리. 이식물의 이물감이 좀 있지만 견딜 만하다. 겨우 두 시간 걸렸다. 그린페어리의 분장팀이 어떤 기술을 더 갖고 있는지 궁금해졌다. 이후 있을 부작용에 대해서는 생각하지 않기로 한다.

문을 열고 나간다. 긴 복도를 따라 걷자 오락실이 나온다. 환자 두 명이 탁구를 치고 있다. 다른 두 명이 스크린을 멍한 표정으로 바라보고 있다. 스크린 안에서는 하얀 드레스를 입은 여자들로만 구성된 오케스트라가 20세기 왈츠를 연주하고 있다.

나는 소파에 앉아 웜으로 병원 공개 기록에 접속한다. 지금의 내 얼굴을 가진 낯선 이름의 남자는 이미 사흘 전부터 입원 중이었다. 남자의 경력도 그럴싸했다. 갑자기 타갈로그어로 말을 걸거나 하지 않는다면 그럴싸하게 흉내 낼 수도 있을 것 같다. 최강우로 추정되는 환자는 보이지 않는다. 더 깊이 숨겼나 보다.

수막 그라스캄프가 의사와 함께 오락실에 들어온다. 나는 소파에서 일어나 느긋하게 그들에게 다가간다. 의사는 우리와 헤어져 가까운 병실로 들어가고, 나와 그라스캄프는 엘리베이터를 탄다. 내가 지금까지 있었던 곳은 2층이었다. 엘리베이터는 12층으로 간다.

최강우는 1205호실에 있다. 아직 의식을 되찾지 못했다. 그동안 그린페어리의 의사들이 멋대로 넣은 성형 이식물 때문에 얼굴이 많이 부었다. 이식물 기능이 아직 작동되지 않은 상태라 얼굴이 크게 바뀐 건 아니다. 이식물 삽입 때문인지 얼굴은 깔끔하게 면도되어 있다.

"수거한 드론을 분석해 우리를 공격한 게 누군지 알아냈어. 아니, 무언가다. TGGA 운수회사와 HYO 서비스."

그라스캄프가 말한다.

"그게 다 무슨 의미야?"

"약자 같은 건 아니야. 그냥 알파벳의 무작위 조합 이지. 둘 다 네트워크에서 자생한 AI들이 만든 회사 야. 라오스에서는 3년 전부터 이런 게 생기기 시작했 어. 케냐와 르완다에도 몇 개 있다고 들은 거 같은데 더 있을 거야. 다들 방치해두고 어떤 게 나오나 구경 중이지. 미리 준비해두는 게 좋잖아. 인간의 시대는 끝나가. 너네 LK도 통합 AI의 인격체로 변할 날이 멀 지 않았어.

보안부의 흔적은 찾지 못했어. 둘 다 드론 공격과 함께 소멸했거든. 하지만 라오스 정부에서 감시 중이 었으니 흔적이 남았지. 그쪽에선 우리랑 그 정보를 공유하긴 싫겠지만 그래도 흔적의 흔적은 남는 법이 잖아. 지금 경찰이 그 흔적에서 얻은 증거로 움직이 는 중이니까."

"그게 너희에게 던지는 미끼는 아니고?"

"그럴 가능성에 대비하긴 하겠지만 그쪽에서 왜 그래야 하지? 어차피 양쪽에 다 시간 낭비일 뿐인데?

최강우의 뇌는 청소가 대충 끝났어. 윔도 백업했고. 유감스럽게도 우린 윔의 데이터를 읽을 수 없어. 저 친구의 뇌가 필요해. 깨어나면 불러."

초록 마녀가 퇴장하고 병실에는 나와 최강우만 남는다. 나는 침대에 늘어져 있는 녀석의 몸을 바라보다 신음 소리를 내며 옆의 의자에 주저앉는다. 유기된 대형견을 구출해 수의사를 찾은 기분이다. 굳이 하지 않아도 되었을 고생이 눈덩이처럼 커지고 있다. 이게 유일한 해결책이었을까? 그냥 지금까지 벌어둔 돈과 회장의 보물들을 챙겨 들고 LK를 떠나 숨는 게 낫지 않았을까? 지금이라도 늦지 않아. 그린페어리에 빌붙는다면 남은 신분 하나 정도는 챙겨주겠지. 한수현이 귀찮음을 무릅쓰고 굳이 나를 추적할 이유가 있을까?

있지. 왜 없어. 나는 자문자답하면서 고개를 젓는다. 나는 그동안 스스로를 방어한답시고 죽은 회장이 나에게 더 많은 것을 물려준 것처럼, 내가 실제보다 더 위험한 인물인 것처럼 허풍을 떨었다. 조직을

살리고 다른 부서와의 경쟁에서 이기려고 부렸던 수작이었지만 지금 생각해보면 어리석기 짝이 없다. 한수현은 아둔하지만 혼자가 아니다. 그 자를 등에 업고 자신의 이권을 챙기려는 수많은 똑똑한 사람들이 있다. 지금까지 그들은 따로 노느라 한수현에게 별 힘을 실어주지 않았지만 이게 언제까지 갈까. 로스 리가 떠날 무렵이면 그들 중 일부는 어떤 모습으로건 힘을 합쳐 한수현의 손발이 될 것이다. 그때쯤이면 타마키도 편을 정하겠지. 나에게서 뽑아낼 수 있는 재미가 다 떨어졌을 테니까.

지금 이 상황에서 나를 살릴 수 있는 건 내 허풍을 현실화하는 길뿐이다.

최강우의 몸이 꿈틀한다. 침대 위의 모니터가 켜지고 신호음이 들린다. 입이 벌어지고 신음 소리가 흘러나온다. 다시 몸이 꿈틀하고 철제 침대가 흔들린다. 녀석은 갑자기 눈을 뜨고 내 왼쪽 팔목을 움켜쥐더니 마치 방언이라도 되는 양 욕을 퍼붓는다. 험악하기 짝이 없지만 몇십 년쯤 옛날 것이라 무섭다기보다는 우스꽝스럽게 들리는 한국어 욕이다.

간호사 두 명이 달려와 우리 둘을 떼어놓고 최강

우의 목에 진정제를 주사한다. 비명은 잦아들면서 흐느낌으로 바뀐다. 나는 간호사들 사이에 끼어 들어간다. 한동안 초점 없이 멍한 채로 방황하던 녀석의 눈은 내 얼굴이 보이자 커다랗게 뜨인다.

"내가 죽였어, 맥. 내가 그 사람들을 죽였다고!"

최강우의 목소리지만 그 말투는 수상쩍을 정도로 죽은 회장을 닮았다.

"누구를요?"

"아드난 아흐마드. 그리고 그 사람들…"

약물의 효과가 뇌로 기어오르자 녀석의 목소리는 희미해져간다. 나는 녀석을 간호사들에게 맡기고 멍한 표정으로 병실에서 걸어 나온다.

# 내가 죽인 사람들

아드난 아흐마드는 LK건설에 고용된 지질학자였
다. 어린 시절 대부분을 파투산에서 보낸 어부의 아
들이었다. 타프로바니에서 대학을 다녔고 한국과학
기술대학에서 박사 학위를 땄다. 스펀지처럼 뻥뻥 뚫
린 파투산의 지질학적 구조를 지하 도시 건설에 역이
용하려는 대담한 계획을 세웠던 LK건설이 처음부터
탐냈던 인재였다. 파투산 어딘가엔 그 이름이 새겨진
현판이 붙어 있다. 이름 밑에는 회사가 고용한 시인
이 지은 한국어 삼행시가 새겨져 있다. 시인은 한 회
장이 주는 돈으로 파투산에 1년 동안 머물며 도시 건
설자들의 죽음과 실종을 기리는 수십 편의 시를 썼

다. 다들 어용시인의 작품치고는 상당히 좋다고들 하는데, 나는 한국어 시에 대해서는 잘 모른다.

아드난은 어깨까지 곱슬머리를 길게 늘어뜨린, 키가 2미터에 가까운 거인이었다. 잘생기지는 않았지만 서글서글한 미소가 인상적이었다. 같이 일하는 한국인들과는 달리 턱수염을 지우는 짓 따위는 하지 않았다. 똑똑하고 유능했지만 단순하고 솔직한 남자였다. 나와는 일주일 정도 데이트를 했고 두 번 같이 잤다. 동성애자였다는 말은 아니다. 그냥 다양한 자극과 경험을 원했던 젊은이였다.

10년 전이라면 LK에서 중책을 맡고 있는 파투산인은 다들 난처한 입장에 몰릴 수밖에 없었다. 아드난처럼 단순하고 솔직한 사람이라면 더욱 그랬다. 둘 중 하나를 선택하라. 다국적 기업의 개가 될 것인가, 동포를 위해 싸울 것인가. 적당히 교활한 사람들은 현실 세계의 어느 지점에서 타협점을 찾기 마련이다. 하지만 아드난에겐 그게 먹히지 않았다. 궤도 엘리베이터에 대한 사랑과 파투산인으로서의 자긍심 모두 격렬했고 이 둘은 타협하거나 조화를 이루지 못했다.

파투산 해방전선은 존재하지 않던 때였다. 단지

뭉쳐지지 않은 수많은 의견과 불만과 분노만이 있었다. 그 안에서 아드난은 자신이 사랑하는 모든 것에 솔직하려 했다. 그리고 그것은 위험한 곡예였다.

수많은 사람이 아드난을 이용하려 했다. 이 천진난만한 지질학자는 최대한 이 진흙탕 속에서 자기 머리로 생각하고 자기 의지에 따라 행동하려 했다. 당연히 모두의 이용 대상이 되었고 서서히 적들이 늘어만 갔다. 당황스러운 변화였다. 아드난은 자신이 이렇게 정치적이 될 거라고, 자신을 싫어하는 사람들이 이렇게 많은 날이 올 거라고는 상상도 한 적이 없었다.

한정혁 회장은 아드난을 좋아하는 편이었다. 귀찮아했지만 좋아했다. 쉬운 길을 찾지 않는, 줏대가 있는 놈이라고 말했다. 기회주의자라고 박쥐라고 욕을 먹었지만, 진짜 기회주의자들은 아드난의 양쪽에 있었다. 정치적 선명함은 기회주의자들이 가장 손쉽게 쓸 수 있는 무기였다. 물론 회장은 회사의 이익을 심하게 거스른다면 아드난을 가차 없이 쫓아낼 준비가 되어 있었다.

그러다 그 세 변호사 사건이 일어났다.

그 변호사들의 이름은 이재찬, 강영수, 정문경이었

고 LK스페이스의 법무팀 소속이었다. 변호사라고 했지만 전문 사기꾼 패거리에 가까웠다. 지금 같은 우주 시대의 것이라고는 믿을 수가 없는 파투산의 구멍투성이 법률을 회사에 유리하게 이용하는 것. 그길을 찾는 게 그들의 일이었다. 생각보다 일이 많았는데, 파투산의 법정에서는 정말 뭐든지 일어날 수 있었기 때문이다.

이들이 자기 일만 열심히 했다면 내가 굳이 그 이름을 알아야 할 이유가 없었다. 그들은 해서는 안 되는 일을 저질렀다. 어느 비 오는 일요일 저녁, 이들은 파투산 구시가로 기어 나가 신시가지에서 놀다가 돌아오는 열네 살 여자아이 두 명을 강간했다. 한 명은 그 과정 중 사망했다.

이건 계획범죄였다. 뇌에 웜을 박은 일반 직원이 우발적으로 강간범이 될 가능성은 극히 낮았다. 강력범죄가 일어나려는 순간 웜은 그 정보를 회사에 전송했다. 그건 이들이 범죄 전에 웜을 조작했고 웜이 있다는 사실을 알리바이의 일부로 삼으려 했다는 뜻이다. 그건 이들이 몇 달 전부터 피해자들을 스토킹했다는 뜻이기도 하다.

범인들이 약물을 투여했는데도 살아남은 피해자는 강간범 중 한 명의 얼굴을 기억하고 있었다. 일당이 세 명이라는 것도 기억해냈다. 하지만 DNA 증거는 찾을 수 없었고 3인방의 알리바이를 깰 수도 없었다. 이들이 어떻게 CCTV와 드론의 동영상을 조작해 알리바이를 만들었는지 뻔히 보였지만 그것만으로는 증거가 될 수 없었다. 전부터 심상치 않았던 반 LK 정서가 폭주하기 시작했다. 하필이면 선거철이었다. 죽은 피해자의 어머니는 도라민당 요직에 있었다. 머릿수로는 소수인 원주민들이 회사의 미래를 가로막을 수도 있었다.

한정혁 회장은 깔끔한 해결을 원했다. 막 보안부에 들어온 렉스 타마키가 그 일을 맡았다. 사흘 휴가를 낸 타마키는 혼자 자카르타로 날아가 달아난 변호사들을 한 명씩 납치해 택배 상자에 넣어가지고 왔다.

범인들은 살아남은 피해자와 죽은 피해자의 어머니 앞에서 깨어났다. 한 회장은 두 사람에게 이들을 법적으로 처벌하는 것이 불가능하다는 걸 설명하고 이들에게 가장자리에 톱니가 달린 기괴한 모양의 흉기 일곱 쌍을 내밀었다. 이들은 모두 희생자에게 최악의 고통을 주기 위해 타마키가 직접 디자인한 것이었다. 타마키는 친절하게도 어느 부위를 찔러야 고통이 극대화되고 오래 가는지도 알려주었다. 두 사람은 마음에 드는 흉기를 하나씩 들었고 강간범들은 한 시간 반 동안 징징거리다 죽었다. 보안부가 시체를 처리했고 자카르타 인근 바다에서는 전혀 수상쩍지 않은 요트 사고가 있었다. 알리바이 조작은 타마키가 훨씬 잘했다.

해피엔딩이다. 하지만 세 악당은 죽은 뒤에도 치사했다. 회사가 자기네들을 제대로 보호해주지 않은 것에 분노한 이들은 LK스페이스 법무팀의 자료를 몰래 챙겨 데이터 금고 안에 넣었다. 이들이 실종되자 그 자료는 고스란히 파투산의 다양한 정치세력에게 전달되었다.

이들 대부분은 법무팀이 처리했고 나머지는 대외업무부의 몫이었다. 처음부터 이런 일을 하라고 우리를 사들인 것이다. 우리는 최대한 말끔하게 마무리 지었지만, 이 노출을 통해 퇴적층처럼 쌓인 관습법 어딘가에 묻혀 있던 몇몇 법률적 루프가 드러났다. 담당 판사의 적절한 재량이 따라준다면 신도시가지어지는 지역 40퍼센트의 소유권을 파투산 원주민들이 다시 주장할 수 있게 된 것이다. 게다가 강간 사건으로 부풀어 오른 반 LK 정서가 쉽게 가라앉지 않았다. 피해자의 어머니가 커버할 수 있는 영역은 한계가 있었다. 직접 손에 피를 묻힌 터라 한정혁의 정의로움을 다른 사람들에게 알릴 수도 없었다. 세상이 보기에 강간범들을 죽인 건 신의 손이지 LK가 아니었다.

"아드난 아흐마드가 이 사건이랑 무슨 상관이야?"

그라스캄프가 묻는다.

"소유권을 주장할 수 있는 50인 중 하나였고 죽은 아이의 사촌 오빠였어. 당시 시점에서는 회사가 절대로 내칠 수 없는 인재였고. 게다가 말했잖아. 회장이 좋아했다고. 얼떨결에 파투산에서 가장 중요한 인물이 되어버린 아드난은 이전과는 달리 내부에서 파투산인 직원들을 결집해 점점 회사를 압박해오고 있었어.

한 회장의 장점은 상대방의 장점과 약점을 완벽하게 파악하고 그걸 제대로 이용할 줄 알았다는 것이지. 아드난의 장점과 단점은 뭘까? 그건 이 친구가 정직하고 솔직하고 숨기는 게 없다는 거였어. 단순하고 얄팍했지. 이전엔 좀 복잡해 보였어. 다른 사람들이 보기에 모순되는 두 개의 감정이 충돌하고 있었으니까. 하지만 그때도 단순한 건 마찬가지였어. 복잡한 건 상황이었지 사람은 아니었어. 그래서 이 남자가 움직이면 이전엔 반대했던 사람들도 믿었던 거지. 단순하고 솔직한 사람만이 가진 힘이 있었어.

이럴 때는 어떻게 해야 할까? 회장은 모험을 했어. 아드난을 따로 불러 강간범들이 어떻게 죽었는지 알렸던 거지. 비밀을 공유하는 공범자로 만들어버린 거야. 아드난은 그 순간 자신이 더럽혀진 느낌을 받았던 거 같아. 정의가 실현되었다는 걸 알았어. 하지만 자신은 더 이상 솔직해질 수 없었지. 그 순간부터 주변 사람들은 느꼈을 거야. 이 남자가 이전과는 달리 삐걱삐걱 고장 난 상태라는 걸. 사람들은 그걸 아드난이 회장에게 넘어갔다는 의미로 이해했어. 사실 틀린 말도 아니지. 회장은 아주 간단한 처리로 50인 무리에 균열을 만들었던 거야."

"왜 내가 이 이야기를 모르지? LK의 모든 사정을 다 챙겨들은 건 아니지만 이 정도면 내가 모를 수 없는 일인데?"

"싱겁게 끝났어. 적어도 겉으로 보기엔. 회사와 50 인은 비교적 쉽게 타협했어. 반 LK 감정은 도라민당에서 관리했고. 죽은 아이의 어머니가 공식적으로 회사를 지지했으니 그럴싸해 보였지. 아드난과 동료 몇몇은 극단주의 기독교 테러리스트들이 저지른 폭탄 테러로 죽었어. 몇몇은 욕을 했지만, 많은 사람이 슬퍼하고 아쉬워했어. 아무래도 한동안 빈 구석이 있을 수밖에 없었지. 이 섬의 지질학적 구조에 대해 아드난만큼 잘 알고 있는 사람은 없었으니까. AI가 아직 이해하지 못하는 미지의 10퍼센트랄까. 그런 걸 경험을 통해 직관적으로 알고 있었다고 하더라고. 그게 뭔 소린지는 나도 모르겠지만.

나도 이 이야기를 믿었어. 그러지 말아야 할 이유가 있나. 파투산 사람들과 LK의 충돌은 늘 있어왔지. 당시 나는 회장의 강간범 처형에 대해서도 아는 바가 없었으니 일이 얼마나 심각하게 돌아가고 있는지도 몰랐어. 예나 지금이나 나는 모르는 게 많지. 실제로 무슨 일이 벌어지고 있는지 몰라야 우리 거짓말이 더 그럴싸해지니까."

"그렇다면 실제로 일어난 일은?"

"쉰 명 중 서른여덟 명이 죽었어. 회사가 아드난을 이용해 자기네들을 조작한다고 믿었던 무리가 공사 구역에서 쳐들어와 시위를 벌인 거야. 맨 처음엔 그럴 생각은 아니었던 것 같아. 그냥 아드난과 한판 붙으려고 했었던 게 아닐까. 아드난은 자신과 회사를 변호하려고 했던 것 같고. 그러는 동안 사건의 진상이 흘러나왔던 것 같아. 이건 유리한 방향으로도, 불리한 방향으로도 흐를 수 있었는데, 그때는 후자였던 거지. 강간범들이 죽건 말건, 그 사람들에게 그게 무슨 상관이야. 하지만 이걸 이용해 도라민당의 세력을 약화시키고 회사에 공격을 할 수 있다면 사정이 달라지지. 보안부가 개입했고 회장의 승인이 내려졌어. 그들이 지질학적으로 아주 위태로운 곳에 있었기 때문에 집단 학살의 스트레스는 비교적 적었을 거야. 원래부터 아슬아슬했던 지대 일부가 진짜로 무너진 거지. 회사가 손을 보지 않았어도 일어났을 일이야.

이후 스토리는 처음부터 끝까지 소설이야. 서른여덟 명 중 서른다섯 명은 보안부가 가상 캐릭터로 대체했어. 서류와 온라인 인격체로만 존재하는 가짜 사람들이 죽은 사람들 대신 살기 시작했어. 이들 대부분은 부모가 파투산 출신일 뿐 외국인이나 마찬가지였기 때문에 조작이 쉬웠어. 하지만 아드난과 동료들은 그런 식으로 처리할 수 없었어. 어쩔 수 없이 기독교 테러리스트들을 끌어들여야 했지. 아주 거짓말은 아니었어. 이미 두 차례 타워에 폭탄을 설치했다 발각당한 놈들이었지. 다만 아주 비능률적인 점조직으로 운영되고 있어서 동료들이 무슨 짓을 저지르는지 잘 몰랐어. 녀석들은 아직도 그게 자기네들 짓인 줄 알아."

"그런 일이 진행되고 있었는데 너네들은 몰랐다?"

"우리가 모르는 뭔가가 있을 거라고 짐작은 했었지. 타마키가 실실 쪼개고 다녔거든."

"하지만 이건 말이 안 되잖아. 처음부터 끝까지 한정혁답지 않아. 강간범이 설치고 다닌다? 그게 재수없다? 놔두면 회사에 해가 될 것 같다? 다 이해해. 하지만 이걸 해결할 수 있는 더 안전한 방법이 얼마든지 있어. 강간범들이 알리바이를 조작할 수 있다면 보안부도 증거를 조작할 수 있지. 그런 식으로 증거를 조작하지 않아도 LK와 같은 회사가 변호사 세 명을 엿 먹일 수 있는 방법이 없을까? 그런데 네 말에 따르면 한정혁은 피를 묻히지 않고 사건을 해결할 수 있는 수백 개의 길이 존재하는데도 에른스트 스타브로 블로펠트처럼 굴었어."

"그게 누구야?"

"그런 사람이 있어. 하여간 첫 단추를 잘못 채우고 이걸 계속 잘못된 방법으로 수습하니까 일이 커지잖아. 주변에 똑똑한 인간이나 AI 참모들이 없었나? 있었어도 무시했나? 도대체 왜 멀쩡하게 똑똑하고 현실적이었던 사람이 이런 바보짓을 저질렀던 거지?"

"사랑에 빠졌으니까."

"그게 무슨 덜떨어진 소리야?"

"덜떨어졌지만 사실이야. 사랑에 빠졌으니까. 파투산의 신시가지와 궤도 엘리베이터는 한정혁 회장이 김재인에게 주는 선물이야. 한 회장은 여기에 어떤 더러운 것도 묻히고 싶지 않았어. 강간범이 묻었다면 완벽하게 제거해야 했지. 감옥에 보내는 대신 완벽한 처벌 과정을 통해 존재 자체를 지워야 했어. 당시 한 회장에겐 이게 완벽하게 이치에 맞았어. 하지만 그건 남에게 털어놓을 수 없는 개인적인 욕망에 바탕을 둔

비정상적인 해결책이었고 결국 일이 계속 커졌던 거지. 그리고 지금까지 묻혀 있었던 그 죄의식이 기억과 함께 최강우의 뇌에서 깨어난 거야."

# 실종

병실은 텅 비어 있다.

침대는 너저분하고 옷장은 열려 있다. 조명등을 포함한 모든 전자기기들이 꺼져 있다. 휴지통에는 구석에 내 이름이 쓰인 종잇조각이 버려져 있다. 나에게 뭐라고 메시지를 남기려다가 포기한 모양이다.

"그 친구는 얼마나 똑똑해?"

그라스캄프가 묻는다.

"몇 년 전까지 나비 쫓아다니는 게 세상에서 가장 재미있다고 생각하던 녀석이야."

"그건 내 질문에 대한 답변이 아니야. 우리 보안 장치를 뚫고 병원을 빠져나갈 수 있을 정도로 똑똑해?"

모욕당한 사람의 표정이다. 최강우 같은 풋내기에게 그린페어리의 보안망이 뚫렸다니 자존심이 상했으리라. 이 상처를 치유하려면 그 녀석이 단순한 풋내기가 아니라는 걸 증명해야 한다.

"바이오봇의 도움으로 파투산과 궤도 엘리베이터에 대해서는 징그러울 정도로 잘 알았어. 하지만 이게 병원을 탈출하는 데에 도움이 되었을까? 아닐걸. 아무리 생각해도 이건 고립된 지식만으로는 할 수 없는 일이야. 외부의 도움을 받은 거 같아. 웜이 깨어나면서 그쪽과 자동적으로 연결이 된 거지."

"그러니까 자기가 한정혁이라고 믿고 있을 수도 있는 과대망상증에 빠진 나비 애호가가 정체불명의 누군가의 도움을 받아 탈출해서 비엔티안 어딘가를 떠돌고 있을지도 모른다는 이야기네?"

나는 디지털 데이터의 형태로 어딘가에 저장되어 있던 한 회장의 유령이, 웜이 활성화가 되면서 최강우의 뇌 속으로 들어가 정신을 장악했을 가능성을 상상해본다. 이제 젊고 건강하고 잘생긴 새 몸을 가진 한 회장이 김재인을 유혹하는 모습을 상상해본다. 가장 그럴싸한 이야기지만 지나치게 그럴싸해서 오히려 아닌 것 같다. 한 회장은 그렇게 뻔한 사람이 아니다. 목석 같은 김재인이 19세기 고딕소설 여자 주인공처럼 여기에 그렇게 순순하게 넘어가는 것도 상상을 못하겠다. 무엇보다 이 모든 게 징그럽기 짝이 없다. 한 회장도 자기 감정의 징그러움을 알았을 것이다. 그래서 자신의 감정을 그렇게 필사적으로 숨겼던 것이리라. 몸을 바꾼다고 그 징그러움이 사라지는 건 아니다.

기술적인 면도 걸린다. 기억의 일부를 복사하고 전송하는 건 그렇게까지 어려운 일이 아니다. 하지만 의식 자체를 옮긴다? 그것도 살아있는 사람의 뇌에? 언젠가는 가능할 수도 있겠지만 지금은 아니다. LK와 같은 대기업이 별별 슈퍼 과학기술을 감추고 있다는 소문이 돌지만 정말로 그렇게 시대를 뛰어넘은 기술이 은폐될 가능성은 높지 않다. 모든 기술은 촘촘하게 엮인 지식의 망 안에서만 존재하기에.

그렇다면 지금 바깥에 있는 건 여전히 최강우다. 한정혁의 기억 일부를 갖고 있고 그린페어리의 보안 기술을 뚫을 수 있는 최강우. 하지만 병원 탈출은 누구의 아이디어이고 누구의 의지인 걸까.

최강우겠지. 최강우스럽게 즉흥적이고 단순하고 멍청한 선택이다.

나는 폰으로 그린페어리의 AI가 넘겨주는 데이터를 검토한다. 가능한 동선들이 떠오른다. 몇십 분 동안 완벽했던 은폐 작업 자체가 시간이 흐르면서 끈적거리는 흔적을 남기기 시작한 것이다. 작업은 의외로 대규모다. 모종삽으로 몇 번 긁어도 충분한 일에 불도저를 끌고 왔다고 비유해도 될까? 벌써부터 그 후유증으로 비엔티엔 교통망 전체가 덜컹거리고 있다.

내가 최강우라고 생각해보자. 겁에 질리고 혼란스러운데 도시 전체를 흔들 정도의 힘을 갖고 있다면 어떤 교통수단을 이용할까? 여객기는 절대로 아니다. 보다 빠르고 융통성 있고 프라이버시가 보장되는 것. 최대한 빨리 비엔티안을 떠날 수 있는 것.

나는 LK 비엔티안 지부의 모든 교통수단을 검색한다. 아무것도 걸리지 않는다. 하지만 가능한 동선 중 하나가 비엔티안 지부 근처의 항구에 닿아 있는 게 신경 쓰인다.

나는 그라스캄프와 함께 병원을 나와 다시 바이크에 오른다. 항구에 도착한 나는 아직 사용할 수 있는 대외업무부의 치트키를 이용해 회사 전용 격납고로 들어간다. 데이터상으로는 있어야 할 것 하나가 없다. 임원용 4인승 비행정이다. 다행히도 비행정은 한 대가 더 있다.

"그 친구를 잡으면 어떻게 할 거야?"

비행정에 올라 잠금장치를 강제로 풀고 있는 나에게 초록 마녀가 묻는다.

"최대한 이성적으로 굴라고 설득해야지."

내가 대답한다.

"어느 게 이성적인 선택인지 너네들이 어떻게 아는데?"

할 말이 없다.

# 다른 사람의 죄

나는 비행정에서 내려 타모에 제2항구에 시치미를 뚝 뗀 채 정박되어 있는 첫 번째 비행정을 바라본다. 안은 당연히 텅 비었다. 내가 가까이 가자 비행정은 놀란 짐승처럼 움찔하며 뒤로 물러나더니 이륙한다. 라오스가 아닌 파투산 쪽이다. 파투산의 격납고로 들어가면 그쪽 로봇들이 알아서 관리와 충전을 해줄 것이고 작업이 끝나면 다시 혼자 비엔티안으로 돌아갈 것이다. 내가 간섭할 일이 아니다.

나는 별다른 계획 없이 곤달 쿼터로 걸어간다. 최강우가 타모에로 갔을 거라는 생각은 들지 않는다. 정말로 뇌의 한구석에서 회장의 일부가 깨어났다면 아무

개성 없이 밋밋하기 짝이 없는 도시보다 회장이 만든 가장 큰 쓰레기더미인 곤달 쿼터로 갔을 것이다.

타모에 정부는 어떻게든 이곳을 없애거나 견딜 만한 곳으로 만들려고 했지만 실패했다. 거대 AI가 도시 건설과 행정에 마술을 부리며 겉으로 보이는 빈곤을 제압하는 시대가 되었지만, 여전히 먹히지 않는 구석이 있다. 어딘가엔 반드시 쓰레기가 남는다. LK도 한동안 이곳을 팔라의 정착촌처럼 자급자족이 가능한 낭만적 공동체로 만들려고 시도했다. 하지만 이곳 사람들에겐 정착촌 사람들과 달리 목표도, 의지도 없다. 팔라에 어울리는 사람들은 모두 이미 팔라에 있다.

1년에 기껏해야 한두 번 방문할 뿐이지만 나는 이곳의 지리에 훤하다. 웜의 도움을 받지 않아도 녹슨 트레일러들이 멋대로 만들어낸 미로를 돌파할 수 있다. 몇몇 요주 인물들이 어디에 사는지도 안다. 지금도 파리만 한 드론들이 날아다니며 이곳의 정보를 보안부와 대외업무부로 넘기고 있다. 비행정의 착륙을 은폐하고 그린페어리의 이식물로 얼굴을 위장하긴 했어도 곧 회사에서는 내가 여기 있다는 사실을 알아차릴 것이다.

나는 골목길을 걸으면서 최강우가 절대로 가지 않을 곳들을 하나씩 제외한다. 그 작업만으로도 곤달쿼터의 60퍼센트가 사라진다. 보안부가 여기저기 숨겨놓은 안가들도 여기에 포함된다. 계획 없이 왔으니 생각을 정리하기 전에 잠시 머물 곳이 필요할 것이다. 안가가 아니라면 어디일까? 나는 폰을 꺼내 빈 트레일러들을 검색한다. 몇 개 되지 않는다. 총 일곱 개다.

첫 번째 트레일러는 이미 누군가가 창고로 쓰고 있다. 두 번째 트레일러는 데이터 마약에 중독된 것처럼 보이는 퀭한 눈의 아이들 다섯 명이 차지하고 있다. 세 번째 트레일러는 언덕 꼭대기에 있다. 오르막길은 질색이지만 최단 거리이니 어쩔 수 없다.

세 겹의 휘파람 소리가 등 뒤에서 들린다. 어디서 기어 나왔는지 알 수 없는 십 대 중반의 남자아이 셋이 내 뒤를 따라오며 휘파람으로 LK의 테마곡들을 부르고 있다. 궤도 엘리베이터와 파투산과 LK의 테마다. 이것들을 동시에 부르면 오묘하게 화음이 맞는다는 걸 알아차리고 재미를 붙인 모양이다. 아이들의 얼굴엔 희미한 적의와 혐오가 느껴지지만 배만 볼록

나온 가느다란 육체는 그리 위협적이지 못하다. 왜 여기서 이러고 사는 거니. LK에게 매일 다섯 시간만 너희 뇌와 몸을 빌려준다면 강간범과 강도들이 들끓는 이 시궁창에서 벗어나 더 나은 음식과 약물을 제공 받으며 모두에게 안전한 존재로 살 수 있을 텐데.

나는 세 번째 트레일러에 도착한다. 전기총을 꺼내 겁이라도 줄까 생각했지만, 아이들은 중간에 멈추어 서서 정체불명의 갈색 막대기 같은 걸 씹으며 나를 구경하고 있다. 나는 이마를 적신 땀을 저녁 바람에 말리고 숨을 가다듬는다. 이름도 알 수 없는 날벌레들이 내 얼굴에 달라붙는다. 절반 정도는 LK의 생물학자들이 멸종에서 되살린 종일 게 뻔하다.

손잡이를 돌리니 문이 열린다. 창문은 모두 블라인드로 가려져 있고 조명은 들어오지 않는다. 나는 폰의 조명등을 켜고 안으로 들어간다. 무언가 끈적거리는 것이 내 구두 바닥에 달라붙는다. 피다. 바닥은 온통 피 웅덩이다. 그리고 그 웅덩이의 중심에는 피가 빠져 하얗고 커다란 왼손이 보인다. 최강우가 아니다. 너무 크고 털이 많다.

손은 레슬러처럼 근육질인 팔에 연결되어 있다. 그

리고 그 팔은 어깨에서 잘려 나갔다. 팔이 떨어져 나간 몸뚱이 위의 목엔 거의 잘려 나간 길쭉한 머리가 아슬아슬하게 붙어 있다. 나는 발끝으로 머리를 굴린다. 크게 뜬 눈의 회색 눈동자와 짧게 자른 누런 머리칼, 이마 절반을 덮은 카르노타우루스의 문신이 보인다. 호콘 라르센이다. 렉스 타마키의 오른팔.

라르센을 동강 낸 흉기는 머리 옆에 뒹굴고 있다. 얼핏 보면 하얀 악력기처럼 보인다. 하지만 들어 올리면 당김이 느껴지고 두 번째 악력기가 끌려 나온다. 이들은 한 가닥의 LK튜브로 연결되어 있다. 지금도 파투산 공장에서 끝없이 생산되는 궤도 엘리베이터 케이블의 재료다. 투박해 보이지만 웬만한 인간의 몸은 녹은 버터처럼 두 동강 낼 수 있는 도구다. 그림이 그려진다. 전기총으로 희생자의 머리에 구멍을 내는 것으로는 사디즘을 만족시킬 수 없었던 라르센이 시체 절단용으로 가져온 이 무기를 휘둘렀는데, 그만 일이 틀어진 것이다. 쌍절곤 육십 개를 집에 진열해 놓고 있었던 놈이다. 언젠가 이렇게 죽을 줄 알았다.

최강우의 신체 일부가 있지 않을까 찾지만 보이지 않는다. 대신 피가 묻은 채 찢겨 나간 양복 재킷이 보인다. 최강우 것이 맞다. 둘러보니 라르센 것으로 보이는 찢겨 나간 속옷이 보인다. 붕대 대신 쓴 것 같다. 아주 안 다친 건 아닌 모양이다.

나는 다시 트레일러에서 나온다. 아이들은 여전히 막대기를 씹으며 나를 바라보고 있다. 아마 녀석들은 최강우와 호콘 라르센이 이 트레일러에 들어간 것을, 최강우 혼자 나온 것을 봤을 것이다. 녀석들의 눈엔 대단한 호기심이 느껴지지 않는다. 우리는 그런 걸 불러일으킬 만큼 재미있는 존재가 아니다.

언덕에서 마을을 내려다본다. 얼마 전 LK 보안부가 쑥대밭으로 만들었던 마을 광장이 보인다. 밝은 조명이 들어와 있고 사람들이 모이고 있다. 마치 영감이라도 받은 것처럼 나는 광장 쪽으로 걸어간다.

나이 든 여자가 연설 중이다. 무슨 뜻인지는 모르겠다. 부기스어일 텐데 배울 생각을 해본 적이 없다. 윔이 회사와 연결되어 있다면 번역을 해주겠지만, 나는 지금 한마디도 알아들을 수 없는 외국어의 외침을 들으며 군중 속에 섞여 있다.

갑자기 군중이 움직인다. 그와 함께 익숙한 목소리가 들린다. 최강우다. 잠시 뒤 피에 흠뻑 젖은 셔츠를 입은 최강우가 연단으로 올라간다. 그리고 녀석은 부기스어로 말을 한다. 웜이 번역해서 로만 알파벳 자막으로 밑에 쏘아주는 걸 더듬더듬 읽고 있다. 무슨 뜻인지는 알 수 없지만, 그 뒤에 이어지는 이름들은 익숙하다. 얼마 전에 내가 기억에서 되살린 이름들. 살해당한 38인의 이름. 그 뒤에 이어지는 짧은 문장들은 번역하지 않아도 알겠다. 내가 이 사람들을 죽였습니다. 나는 살인자입니다. 녀석은 자신이 물려받은 죄를 대신 씻으려 하는 것이다. 녀석의 방에 있던 도자기 성모상이 떠오른다. 이게 가톨릭교도의 사고방식인가? 하지만 이건 자살이 아닌가?

잠시 멍해 있던 사람들이 연단으로 모여든다. 최강우의 몸이 연단에서 끌려 내려간다. 무슨 일이 일어나는지 보이지 않지만 울부짖음 소리 같은 게 들린다. 나는 전기총을 뽑아 들고 소리가 나는 쪽으로 걸어간다.

뒤에서 총소리가 들린다. 군중은 잠잠해진다. 나는 뒤를 돌아보고 여기서 볼 수 있을 거라고는 상상도 한 적 없는 사람의 얼굴을 본다. 니아 압바스 시장이다. 총을 든 여자 네 명이 시장을 호위하고 있다.

군중이 홍해처럼 갈라진다. 피투성이가 된 채 엎어져 있는 최강우의 모습이 보인다.

시장은 군중에게 부기스어로 말한다. 알아들을 수는 없지만 모든 것들을 일상적이고 별거 아닌 것처럼 들리게 하는 시장의 말투는 여전하다. 몇 명이 고함을 지르지만, 시장은 어깨를 으쓱하고 나른한 목소리로 되받는다. 군중은 잠잠해지고 서서히 흩어지기 시작한다.

최강우는 비척거리며 일어난다. 더러운 얼굴은 잔뜩 일그러져 있다. 지금의 상황은 전혀 상상하지 못했던 안티 클라이맥스다. 죽음을 각오하고 왔건만, 시장은 이 모든 걸 별거 아닌 작고 시시한 소동으로 만들어버렸다.

여자 둘이 최강우를 일으켜 세운다. 시장은 한심하다는 듯 얼굴을 찡그리며 말한다.

"일을 벌이기 전에 누군가 그 일의 뒤치다꺼리를 해야 한다는 걸 생각해요. 당신이야 죽으면 끝이겠지만 지난 몇 년 동안 이 사건을 수사해온 우리는 어떻게 되지요? 당신이 살인자로 만들려고 한 저 사람들은 어떻게 되고?"

"하, 하지만…"

시장은 최강우의 우물거리는 말을 단칼에 잘라버린다.

"당신들 LK 사람들은 슬슬 현대를 살 필요가 있어요. 19세기 서양 제국주의자들을 흉내 내는 것만으로는 부족해서 이제는 그 사람들의 죄의식까지 흉내 내려 하네? 몇 단계는 건너뛰어도 되지 않나요? 엘리베이터를 타고 우주로 가는 지금 이 시대에 무슨 짓이에요? 우리가 여전히 옛날 영국 소설에 나오는 야만인처럼 보여요?"

## 두 번째 점검

"타마키가 일을 잘하긴 했어요."

시장이 말한다.

"우리도 처음엔 몰랐어요. 대외업무부도 모르지 않았나요? 하지만 이게 완벽하게 처리할 수 있는 일인가요? 사람들은 그렇게 쉽게 없어지지 않아요. 여기에 친척과 친구들이 있는 수십 명이 갑자기 이상하게 굴면서 사라졌는데, 수상쩍게 생각하는 사람들이 단한 명도 안 나올 수는 없어요. 단지 수많은 음모론 중하나로 여겨지고 묻혔던 거지. 그리고 그게 설득력없는 음모론으로 떨어진 건 다 당신네 대외업무부의 작전 때문이었지요."

"우린 진상을 몰라야 일을 더 잘하니까요."

나는 멍한 목소리로 말한다.

"우리는 5년 전부터 수사를 해왔어요. 2년 전에 이미 한 회장을 압박할 수 있을 정도의 증거를 수집한 상태였지요. 영감이 그렇게 빨리 죽을 거라고는 상상도 못했어요. 선거 때문에 간을 보다 그만 일을 망쳤어요. 하지만 이 정보는 여전히 정치적으로 유효해요. 유령에 빙의된 신입 사원의 죄의식 때문에 날려버릴 생각은 없어요."

"진상을 밝힐 생각은 처음부터 없었던 겁니까?"

"언젠가 밝히긴 해야겠지요. 하지만 그냥 밝히면 우리에게 뭐가 남나요? LK의 수많은 범죄 중 하나가 폭로될 뿐이에요. 심지어 이건 가장 큰 범죄도 아니지요. LK는 지금도 매년 수많은 사람들의 생명과 재산을 앗아가고 있어요. 너무 일상적이라 아무도 신경 쓰지 않을 뿐이죠. 단지 이번 사건은 죽은 회장의 죄의식이 잔뜩 묻어 있어서 특별해요. 우리에겐 엄청나게 긴 지렛대지요."

"그래서 이제 어떻게 하실 겁니까?"

"재인과 협력해야지요. 로스 리는 생각이 없고, 한

수현은 죽은 할아버지의 다운그레이드 버전입니다. 둘 다 좋은 협박 대상도 아니에요."

"김재인이 LK를 장악할 가능성은 없습니다."

"누가 공식적으로 회사를 지배하는가는 전혀 중요하지 않아요. 로스 리가 거의 일을 놓고 있는 동안에도 이전처럼 굴러가고 있잖아요. 인간들은 서서히 LK의 통제권을 잃어가고 있어요. 재인은 LK의 AI 집단과 가장 밀접하게 연결된 사람이지요. 제 대학 시절 룸메이트이기도 하고. 이건 이미 아시겠네."

아마 알았을 것이다. 김재인과 니아 압바스 모두 내 관심 밖이라 잊어버렸을 뿐.

나는 우리가 한 시간 가까이 머물고 있는 방을 둘러본다. 곤달 쿼터 끄트머리에 있는, 증축 공사 중인 경찰서 지하실이다. 시장이 이곳을 멋대로 쓰고 있다는 건 타모에 정부도 연결되어 있다는 뜻일까. 아니면 시장이 그냥 수완이 좋은 것뿐일까.

욕실 문이 열리고 최강우가 나온다. 시장의 부하들이 마트에서 사온 새 옷 차림이고 군데군데 남은 멍 자국을 제외하면 얼굴도 깨끗하다. 단지 그 깨끗한 얼굴이 분노와 수치로 일그러져 있을 뿐. 녀석은 그동안 완벽한 결말을 생각해왔을 것이다. 한 회장의 죄를 대신 뒤집어쓴 자신은 불타 사라지고, 타워는 정화되고, 김재인이 가진 모든 것들은 순결해진다. 하지만 니아 압바스의 등장으로 그 계획은 산산조각이 났다. 아드레날린의 분출이 멎은 지금은 죽는 것도 무섭고 영월에 있는 누나도 보고 싶고 뭘 어떻게 해야 할지도 모르겠다. 이런 걸 해독하기 위해 굳이 텔레파시가 필요하지는 않다.

"제가 사람을 죽였습니다."

최강우가 말한다. 마치 그 살인이 자신의 존재에 조금이라도 무게를 더할 수 있을 거 같다는 기대를 품은 것처럼.

"알아요. 하지만 그 사실을 증명할 수는 없을 거예요. 얼마 전에 보안부 직원 두 명이 범행 현장에 다녀갔고 한 시간 전에 화재가 발생했습니다. 드론들이 소방탄을 쏴서 불을 껐지만, 시체 같은 건 안 나올 거예요. 이십오 분 전에 이런 부고 기사가 파투산 뉴스라인에 떴으니까요. 'LK스페이스 직원 호콘 라르센(43)이 파투산 해안 근방에서 미니 비행기 사고로 사망. 고인은 생전에 익스트림 스포츠에 관심… 시체는

176

발견되지 않았지만…' 어쩌고저쩌고. 남은 시체는 지금 상어 밥이 되었겠군요. 그런 식으로라도 자연에 기여를 했다면 좋은 일이죠."

"제가 살인자라는 사실은 변하지 않습니다."

"정당방위였잖아요. 누가 LK튜브 실로 목을 자르려 덤벼든다면 당연히 맞서 싸워야죠. 자기 목숨이 남의 목숨보다 더 중요해요. 언제나. 심지어 죽은 라르센도 이 일로 뭐라 하지 않을 거예요. 그러니 더 중요한 이야기를 하기로 하죠. 당신은 누군가요? 아직도 최강우인가요?"

최강우는 머뭇거리다 천천히 고개를 끄덕인다.

"죽은 한정혁 회장의 기억을 갖고 있습니까?"

다시 한번 끄덕끄덕.

"그렇다면 누가 한정혁을 죽였는지 아시나요?"

나는 어이가 없어 니아 압바스를 쏘아본다. 시장은 여전히 졸린 얼굴이고 내가 보내는 신호엔 관심이 없다.

어색하게 서 있던 최강우는 시장 맞은편 소파에 털썩 주저앉는다. 굳어 있던 얼굴이 조금씩 풀어진다.

"얼마나 알고 계십니까?"

"한 회장이 소마-T 중독으로 사망했을 가능성이 아주 높다는 것? 사실이라면 자신의 명령으로 개발 중이던 우주인용 신약의 희생자가 되었다는 말이겠지요. 한정혁의 시체는 부검 없이 화장되었으니 이를 증명할 수는 없습니다. 하지만 죽기 전 소마-T를 과용한 사람에게서 보이는 몇몇 증상들이 관찰되었습니다. 아닐 수도 있어요. 하지만 수상쩍지요. 회장이 한 달만 더 살았어도 지금 상황은 완전히 달랐을 테니까요. 한정혁은 사고로 위장한 살인 사건의 진상을 우리가 이미 인지하고 있다는 걸 알았고 우리와 협상할 준비를 하고 있었어요. 이미 타워는 완성되었고 완벽하게 가동하고 있었습니다. 인류에겐 우주로 가는 길이 열렸고 그 사람에겐 그것으로 충분했어요. 타워에 대한 LK스페이스의 독점이 무너지는 건 그리 중요한 일이 아니었습니다. 하지만 LK에서는 그걸 받아들이지 못하는 사람들이 있었겠지요. 다시 묻겠습니다. 우리 가설이 맞나요?"

"그, 그런 거 같아요."

"누가 죽였는지 아시나요?"

"모릅니다. 누군가에게 살해당할지도 모른다는 두

려움은 늘 있었지요. 하지만 제 기억은 여전히 불완전해요. 잡지 스크랩처럼 툭툭 끊어져 있어요. 죽기 열흘 전이 마지막 기억이었던 것 같습니다. 오스트레일리아국립오페라단이 여기서 〈일 트로바토레〉를 공연한 날이 끝입니다. 레나타 윤이 〈불꽃은 타오르고〉를 부를 때 회장이 온몸을 떨면서 울었던 게 기억나요. 회장은 당신들이 학살 사건에 대해 인지하고 있다는 건 알았어요. 그 사건에 대해 죄책감을 느꼈다는 것도 사실입니다. 뭘 할 생각이었는지는 모르겠습니다. 회장은 당시 패닉 상태였어요. 겉으로는 화려하고 완벽한 말년을 보내고 있었지만 일이 계속 꼬여가고 있었으니까요. 아마 당신들을 만나려 했을 거예요. 하지만 모르겠어요. 이 모든 건 저에게 남의 기억일 뿐이고 중요한 것이 빠져 있습니다. 정리되지 않은 게 아니라 이게 전부예요. 가끔 제가 회장이 된 것 같고, 회장이 했던 말이 튀어나오긴 하지만 그뿐입니다. 그이상은 저에게 줄 생각이 없었던 거 같아요. 그렇게 느껴집니다."

대화가 끊어진다. 최강우는 할 말이 떨어졌고 시장은 말을 이어갈 생각이 없다. 나는 둘을 번갈아 바라보며 정보를 정리한다. 어이가 없는 건 여기에 낯선 정보가 거의 없다는 것이다. 한 회장이 독살당했다는 소문은 심지어 죽기 하루 전부터 돌았다. 그 독이 소마-T라는 소문도 익숙했다. 범인이 LK라는 소문도 당연히 나왔다. 심지어 그 일부는 소문의 신빙성을 떨어뜨리기 위해 우리가 직접 만들었다. 생각해보니 소마-T 소문은 내가 만들었던 것 같다. 너무 앞뒤가 딱딱 맞아 사람들이 믿지 않을 거 같았다. 마음만 먹으면 나는 그럴싸한 근거를 들이대며 최강우와 시장의 주장을 반박할 수 있다. 그리고 그 근거는 모두 사실일 것이다. 하지만 그게 무슨 소용인가. 진실을 따지는 곳에서 내가 입을 놀리는 건 무의미하다.

"여기서 '우리'는 누굽니까?"

마침내 내가 묻는다.

"파투산 정부입니다. 해방전선도 아니고 도라민당의 소수파도 아니에요. 우리가 그렇게 가볍게 주권을 포기하고 LK의 꼭두각시로 남을 거라고 생각하셨나요? 그렇다고 지금은 아무 의미 없는 원주민 중심주의를 고집할 생각도 없고, LK를 쫓아낼 생각도, 엘리베이터를 국유화할 생각도 없습니다. 우리의 목표는 정상 국가입니다. 섬을 지배하고 있는 대기업의 폭주로부터 이곳 사람들을 보호할 수 있는 나라요. 재벌 총수가 일에 방해된다고 수십 명을 죽여도 모른 척하지 않아도 되는, 같은 남자가 살인범 일당을 죽이게 해주었다고 고마워하지 않아도 되는 멀쩡한 나라말입니다."

# 파투산으로 돌아가다

최강우와 나는 타모에와 파투산을 잇는 셔틀선 갑판 위에 있다. 부슬부슬 내리던 비는 몇 분 전에 그쳤지만 하늘은 여전히 어둡다. 파투산 섬 하늘 위엔 느릿느릿 구름 속으로 사라지는 보라색 별이 보인다. 화성 왕복선 데자토리스 3호의 부품을 실은 스파이더다. 완성된다면 인류가 만든 가장 큰 유인 우주선이 될 것이다.

파투산의 궤도 엘리베이터가 운영을 시작하면서 전에는 상상만 했던 것들이 우주 공간에 생겨났다. 우주선과 스테이션은 이전엔 상상도 할 수 없었던 스케일과 사치를 누린다. 소행성 사냥 우주선의 숫자는 작년에 천 개를 넘어섰다. 내년이면 천오백 개의 초소형 우주선 무리가 센타우루스자리 프록시마를 향한 45년의 여정을 떠날 것이고 5년 안에 첫 오닐 실린더 식민지가 공사에 들어갈 것이다. 우주는 인간 친화적인 곳으로 변해가고 있고 그 속도는 어지러울 지경이다.

최강우는 검은색 야구모자를 눌러쓰고 희미하게 반짝이는 바닷물을 내려다보고 있다. 옆얼굴엔 여전히 원래 흔적이 남아 있지만 모자를 벗은 얼굴 정면을 보면 완전히 딴판이다. 녀석의 눈으로 보는 내 얼굴도 낯설긴 마찬가지다. 내 저번 얼굴과도 다르고 비엔티안의 병원을 떠날 때와도 다르다. 더 젊고 통통하고 생각 없고 평온해 보인다.

우리의 웜은 이제 연결되어 있다. 녀석이 보고 듣는 건 나도 보고 들을 수 있고 그 반대도 마찬가지다. 이전과는 달리 우리의 웜은 파투산의 AI와 연결되어 있지 않기 때문에 수갑으로 묶인 채 단 둘이 유리방에 감금된 것 같은 기분이다.

셔틀선은 천천히 파투산 항구로 접어든다. 갑판 위의 승객들은 슬슬 계단을 타고 내려가고 밑에서는 운송 로봇들이 화물을 정리하고 있다. 항구의 유리 건

물들은 구름 틈 사이로 비치는 햇빛을 받아 누렇게 빛난다.

배에서 내린 우리는 신시가지로 흘러가는 노동자들의 무리에 합류한다. 이들 대부분은 LK의 정직원이 아니라 팔라에 본사가 있는 돕스 인력회사 소속이다. 200년 가까이 팔라 원주민들 위에서 군림하며 왕족 흉내를 냈던 돕스 집안의 마지막 흔적이다. 서류상으로는 우리도 이들 중 한 명이다. 유진 황과 윈스턴 황. 서류상으로 우린 형제다. 성형 이식물로 조작한 우리의 새 얼굴은 그럴싸하게 닮았다.

황씨 형제는 모두 H2, 그러니까 중급 인간노동자다. LK에서 중급 인간노동자는 중간중간 화장실에 가고 밥도 먹고 쉬어야 하고 집중력도 떨어지지만 물리 세계에서 썩 복잡한 작업을 처리할 수 있는 값싼 로봇 취급을 받는다. 아직까지 인간 노동이 로봇보다 싼 곳이 몇 군데 있고 H2들은 그 영역을 담당한다.

대부분 H2들은 내장, 그러니까 신시가지의 창문이 없는 곳에서 일한다. 내장이라는 표현은 비유라고 하기엔 지나치게 정확하다. 두 개의 핵융합 발전소, 케이블과 스파이더를 생산하는 공장들, 운송 통로, 해수와 하수 처리 시설처럼 파투산을 존재하게 하는 핵심적인 것들은 모두 산 속에 있다. 그에 비하면 보석 다발처럼 빛나는 신시가지의 표면은 그냥 아름다운 허울에 불과하다.

"언젠가 굳이 저들을 쓰지 않아도 될 날이 오겠지."

죽기 1년 전, 한정혁 회장은 파워 로더를 타고 제2발전소와 항구를 연결하는 통로의 레일 작업을 하고 있는 H2들을 내려다보며 말했다.

"그때가 되면 인간은 어떤 생산적인 일도 하지 못하는, 한 무더기의 욕망 덩어리로 남겠지. 안드레이 코스토마료프는 저 깡통들을 만들어 태양계를 백 조의 인간으로 채우겠다고 하는데, 과연 그 많은 인간을 어디다 쓸까? 우리의 욕망은 단조롭고 지루하잖아. 비슷비슷한 우주 원숭이 백 조 마리가 사는 동물원을 만드는 게 과연 우리의 최종 목표여야 할까?"

회장은 LK스페이스의 가장 큰 고객 앞에서 굳이 그런 이야기를 꺼내 분위기를 망치지 않았다. 정말 그랬어도 상관은 없었으리라. 코스토마료프가 우릴 거치지 않고 오닐 실린더 식민지를 만들 수 있는 길은 아직 없다. 앞으로 30년 동안은 새 궤도 엘리베이터가 세워질 가능성은 없고 생긴다고 해도 그곳은 화성일 가능성이 크다.

니아 압바스 시장이 우리에게 마련해준 자리는 2세기 전에 말라버린 구리 광산이다. 이 초라하기 짝이 없는 동굴은 한동안 술집과 클럽 용도로 쓰였다가 80년 넘게 버려졌다. 지금은 박물관 창고로 만들기 위해 작업 중이다. 우리는 시장이 마련해준, 남이 보기엔 바빠 보이지만 실제로는 별 의미가 없는 잡일을 하면서 오전을 보내다가 첫 번째 점심시간인 11시가 되자 은근슬쩍 광산을 떠난다. 샤워하고 평상복으로 갈아입은 우리는 신시가지의 군중 속으로 스며든다. 32개국에서 온 우주회사 직원들, 과학자들, 관광객들, 서비스업 종사자들. H2들과는 달리 도시의 표면을 이루는 사람들이다.

우리는 온라인 인터뷰를 하고 있는 체코 발레단원들, 양손에 여행가방을 들고 곡예하는 것처럼 뛰어다니는 호텔 로봇, 아마도 생명체가 발견된 세 번째 행성계일 수도 있는 곳에 대해 토론하는 여자아이들, 깃발 드론을 따라 행진하는 미국인 관광객들 사이를 누비며 장미 광장으로 걸어간다. 산 중턱을 깎아 만든 지름 200미터의 이 원형 공간은 신시가지 중 몇 안 되는 야외 공간이다.

군중으로 둘러싸인 광장 중심에는 세 사람이 서 있다. 니아 압바스 시장, 안드레이 코스토마료프, 김재인. 이들은 11시부터 아르고스 프로젝트에 대해 이야기하고 있다. 목성과 토성 사이의 궤도에 이백 개의 망원경을 띄우는 계획이다. 시장이 열의 없는 목소리로 거의 완벽한 진행을 하는 동안 코스토마료프는 열의에 차 엄청난 비전을 떠들어대고 김재인은 담담하게 이 정신 나간 남자를 지상으로 끌어내린다. 질문이 이어진다. 질문은 두 사람에게 반반씩 돌아가지만, 김재인이 경제적으로 간결하고 정확한 답변을 하는 대신 코스토마료프는 이 모든 걸 새로운 연설을 위한 핑계로 생각하기 때문에 혼자 시간을 독차지하는 것처럼 보인다. 하여간 이 프로젝트가 성공한다면 인류는 역사상 가장 큰 눈을 가지게 될 것이고 그건 다른 행성계에 직접 가는 것과 마찬가지의 성과이며… 뭐, 그렇다고 한다.

행사는 12시 40분에 끝난다. 코스토마료프는 비행장행 에스컬레이터에 오르고 시장은 시청으로 돌아간다. 김재인은 두 수행원과 함께 LK 직원용 엘리베이터에 들어간다. 우리는 다이달로스 우주개발회사의 신분증으로 신원 확인 절차를 마치고 그들 뒤를 따른다. 엘리베이터는 하강하기 시작하고 20세기 음악이 흐른다. 오로지 김재인이 탔을 때만 나오는 음악으로, 퍼시 페이스 악단이 연주하는 〈피서지에서 생긴 일〉이라는 영화의 주제곡이다. 이건 파투산 AI가 김재인에게 보내는 윙크 같은 것인데, 여기에 어떤 의미가 있는지는 모르겠다. AI의 유머와 인간의 유머는 일치하지 않는 경우가 많다.

김재인은 검은 레벤튼 수트 차림이다. 머리는 긴 포니테일로 묶었고, 화장기 없는 작은 얼굴은 모질어 보인다. 완벽하게 좌우대칭이 맞는 얼굴이라 오른쪽 뺨에 난 작은 점이 더 두드러진다. 시선은 엘리베이터 벽과 천장이 만나는 모서리 부분에 고정되어 있는데, 마치 거기에 있는 보이지 않는 유령과 눈싸움이라도 하는 것 같다.

나는 최강우를 슬쩍 훔쳐본다. 녀석은 잔뜩 긴장한 채 자기 운동화를 노려보며 떨고 있다. 하긴 한 회장이 아닌 자기 눈으로 김재인을 직접 본 건 오늘이 처음이다. 자기가 주인공인 소설이라면 챕터 하나를 할애해 온갖 미문을 쏟아부어야 할 순간이지만 녀석은 지금 우스꽝스럽기 짝이 없다. 아마 얼이 빠져 별생각도 없으리라.

엘리베이터 문이 열리고 우리는 둥지로 걸어 나온다. 김재인은 벽에 붙은 길쭉한 스크린 쪽으로 걸어가고 우리는 식수대 쪽으로 빠진다. 스크린 위에 얼굴을 꽉 채운 여자는 국제경찰연합의 스텔라 시와툴라 국장이다. 목소리는 김재인에게만 들리지만 우린 이미 그게 무슨 내용인지 알고 있다.

둥지 또는 스파이더 기지는 해수면에서 50미터 밑에 있다. 엘리베이터라는 명칭 때문에 똑같은 상자가 케이블을 타고 계속 오르내릴 거라 생각하는 사람들이 있는데, 케이블을 타고 오르는 스파이더들은 모두 독립된 우주선이고 임무에 따라 기능과 모양이 전부 다르며 계속 기능이 개선되고 있다. 모든 스파이더가 화물이나 승객 운송용은 아니다. 지금 케이블에 매달린 스파이더 다섯은 케이블 보수나 성장용이다. 승객과 화물을 우주로 실어 나르는 버스와 트럭 사이엔 가느다란 LK튜브 실을 끌어 올리며 케이블에 부피를 더하는 작은 작업꾼들이 있다. 처음엔 한 가닥 거미줄과 같았던 케이블은 두 가닥으로 늘었고, 지금도 계속 만들어지고 있고, 조금씩 굵어지고 길어지고 개선되고 있다.

둥지 중심을 차지하고 있는 것은 엘리베이터 기둥이다. 스파이더들이 여기서 레일을 타고 올라가다 최상층에서 케이블과 연결된다. 케이블은 해수면 200미터 밑에서부터 시작되지만, 최상층까지는 기둥 관리팀 담당이다.

오늘까지만 해도 세 대의 스파이더가 기둥을 거쳐 궤도로 올라갔다. 두 대는 데자토리스 3호의 부품들을, 한 대는 궤도 스테이션에서 근무하는 승무원들을 위한 식료품을 싣고 갔다. 막 납작하게 누른 물방울 모양의 새 스파이더가 끌려왔다. 수성행 우주선 클레멘트호에 탑승할 세 우주인을 실을 유인용이다. 직원들은 승무원들이 앞으로 이틀을 보낼 우주선용 캡슐을 넣고 있다. 그동안 많이 개선되긴 했지만, 속도는 궤도 엘리베이터의 단점 중 하나다. 정말로 성미가 급한 사람이라면 LK스페이스의 또 다른 서비스인 스카이후크를 이용할 것이다.

시와툴라 국장의 얼굴이 사라진다. 용을 타고 우주로 날아가는 여자아이가 나오는 LK의 새 이미지 광고가 빈자리를 채운다. 김재인은 스파이더를 점검하는 직원들과 이야기를 나눈다. 나는 숨을 깊이 들이마시고 그들에게 다가간다.

"안녕하십니까, 김재인 소장님. 저는 다이달로스 우주개발회사의 타와하라 타쓰야입니다. 어제 메일을 보낸 적이 있는데요."

김재인은 고개를 끄덕인다. 우리는 천천히 최강우가 기다리고 있는 쪽으로 걷는다. 나와 팔이 스칠 뻔하자 김재인은 대놓고 싫어하는 표정을 짓는다. 아주 가벼운 신체 접촉이라도 질색하는 사람이라는 게 뒤늦게 기억이 난다.

머리가 분주하게 돌아간다. 나와 김재인, 뒤에 서 있는 수행원들, 스파이더를 점검하는 직원들, 최강우를 연결하는 수많은 선이 끊임없이 변해가는 다각형을 그린다. 그 다각형이 완벽한 모양을 그렸다는 확신이 들자 나는 오른손으로 전기총을 뽑아 김재인의 머리에 겨누고 왼팔로 허리를 감싼다.

"실제 상황입니다, 여러분. 숙녀분 목숨이 아깝다

고 생각하신다면 조용히 꺼져주실까?"

둥지는 순식간에 조용해진다. 그러는 동안 나는 김
재인이 내 품 안에서 혐오 섞인 신음을 지르는 걸 듣
고 만족한다.

사람들이 서서히 뒤로 물러난다. 수행원 한 명만 우
두커니 서서 우리를 바라본다. 나는 전기총의 총구를
김재인의 목에 갖다 대고 방아쇠 위의 파란색 버튼을
누른다. 픽 하는 작은 소리가 나고 작은 마취 침이 발
사된다. 나는 전기총을 휘둘러대며 순식간에 의식을
잃은 인질의 몸을 끌어안고 조금씩 뒤로 물러난다. 마
지막까지 남아 있던 수행원이 모두 계단으로 내려가
자 나는 웜으로 미리 만들어놓은 골렘 프로그램에 들
어가 모든 출입구와 통신망을 차단한다. 김재인이 정
신을 잃었으니 뇌 속의 웜 역시 기능을 멈추었다. 적
어도 우리는 사람들이 그렇게 믿어주길 바란다.

나는 김재인을 벽에 붙은 빨간색 소파 위에 눕힌
다. 최강우가 도와주려고 하지만 거절한다. 아무리
생각해도 녀석의 손이 닿지 않게 하는 게 인질에 대
한 예의 같다.

지금까지 광고를 돌리고 있던 스크린이 뉴스라인

으로 넘어간다. 파투산 뉴스의 AI 기자 맥신 선우의 모습이 뜬다.

"파투산 타워의 스파이더 기지에서 인질극이 벌어졌습니다. 다이달로스 우주개발회사의 타와하라 타쓰야와 조민중이라는 신분으로 위장해 잠입한 인질범들은 LK우주개발연구소 소장 김재인을 인질로 잡고 대치 중입니다. 이들의 요구 조건은 아직 밝혀지지 않았습니다…

새 뉴스가 들어왔습니다. 인질범은 돕스 인력회사의 H2 직원인 유진 황과 윈스턴 황입니다. 하지만 이 신분 역시 조작된 것으로 보입니다. 회사의 H2 직원 중 이들을 알고 있는 사람은 아직 단 한 명도 없는 것으로…"

스크린이 갑자기 어두워진다. 그 순간 나는 등 뒤에서 누군가의 존재를 느낀다. 회장의 유령인가 했지만 아니다. 훨씬 단호하게 존재하는 무언가다. 나는 뒤를 돌아본다.

김재인의 생령이 희미한 미소를 지으며 나를 바라보고 있다.

나는 그 뒤 소파에 누워 있는 김재인과 내 앞에 서

있는 생령을 번갈아 바라본다. 최강우의 시각 정보를 띄워주는 창을 보니 나만 환영을 보는 게 아니다. 잠시 나는 김재인의 현재 두뇌가 어떤 구조인지 궁금해진다.

"도대체 로스 리한테 무슨 짓을 저질렀나요?"

생령이 말한다.

## '뜻밖의 범인'

로스 리의 유일한 가치는 무존재감이라고 한 회장이 그랬다. 특별히 내세울 입장도 없고, 속해 있는 패거리도 없고, 카리스마도 지도력도 비전도 없다. 장점이 없는 것처럼 단점도 없다. 깨끗하고 무해하고 감추는 게 없다. 잘생긴 젊은 남자들을 지나치게 밝혔고 이 이야기가 시작될 무렵만 해도 조카뻘인 두 번째 남편에게 이혼당해 징징거리고 있었지만, 그 단점도 회사의 다른 사람들에 비해 그리 튀지 않았다.

"결국 로스 리를 이 자리에 앉히겠지. 다들 내가 죽은 순간부터 회사가 한동안 관성 비행을 하길 바랄 테니까. 그림도 괜찮을 거야."

한 회장은 심드렁한 표정으로 말했다.

로스 리 회장 밑의 LK는 예상대로 흘러갔다. LK스페이스가 엄청난 성취를 거두고 있었고 그밖의 여러 한국적으로 다이내믹한 일이 그룹 여기저기에서 일어나고 있었지만 로스 리는 이들 중 어디에도 간섭하지 않았다. 어떻게 보면 죽은 한정혁 회장은 로스 리보다 더 생생하게 살아서 LK 위에 군림하고 있었다.

그랬으니 그린페어리의 전문가들이 네베루 오쇼네시의 뇌에서 로스 리가 남긴 흔적을 찾아냈을 때 내가 느꼈던 배신감을 생각해보라. 단지 내가 뒤통수를 맞았기 때문은 아니다. 그것과는 별 상관이 없었다. 나는 로스 리가 아무 생각 없는 공허한 남자가 아니라는 사실 자체에 분개했다. 모르겠다. 그동안 내가 그 하찮음을 남몰래 사랑하고 있었는지도.

"로스 리를 넣으면 모든 게 이치가 맞아."

수막 그라스캄프의 덤덤한 목소리가 폰 너머에서 말했다.

"한정혁은 한수현과 보안부가 자기를 저지할까 봐 걱정하고 있었고 그에 대해 대비도 하고 있었어. 그 의심의 장벽을 뚫고 들어가 회장을 독살할 수 있었던 건 누굴까? 한 회장이 과연 30년 지기 친구가 자길 죽일 거라고 예상했을까?"

"하지만 동기는? 야심도 욕심도 없는 사람이야. 지금 그 자리도 억지로 앉아 있는 거라고."

"독심술사도 아니고 내가 그걸 어떻게 알아. 하지만 증거가 있어. 오쇼네시의 뇌에, LK로보틱스에, 보안부에. '뜻밖의 범인'이어서 아무도 관심을 갖지 않았을 뿐이지."

"로스 리는 보안부를 장악하지 못했어. 우리가 보안부에서 무슨 일이 돌아가는지 가장 모른다고 했지? 하지만 난 렉스 타마키는 알아. 로스 리 따위의 지시를 받으며 이런 일을 저지를 사람이 아니야. 그 사람을 대놓고 경멸하니까. 이유가 있어서 복종했다고 해도 훨씬 영리하게 했겠지."

"맞아. 어설퍼. 그래서 우리가 흔적을 찾을 수 있었던 거야. 로스 리도, 한수현도 보안부 전체를 장악하지 못했어. 하지만 보안부에는 로스 리의 말을 듣는 테키들이 있어. 그 사람들이 보안부의 일에 묻어가면서 일을 따로 처리했던 거야. 현장요원을 끌어다 쓸 수 없었기 때문에 최강우를 제거하기 위해 그렇게 배

배 꼬인 작업을 할 수밖에 없었던 거고. 당시 최강우를 제거하기 위해 동원할 수 있었던 건 오쇼네시 뿐이었던 거지."

"비엔티안에서 우릴 공격한 건?"

"보안부가 아니야. 한수현이 외주를 준 다른 회사지. 그 사람, 널 싫어하잖아. 손에 피를 묻히지 않고 널 죽일 핑계가 생겼는데, 그 기회를 날릴까?"

나는 그라스캄프가 내민 증거가 로스 리를 만만한 희생양으로 삼아 우리를 엉뚱한 방향으로 유도하기 위해 한수현 패거리가 만든 미끼라는 가설을 세우고 이를 증명하려 했다. 하지만 실패였다. 이 어설픔은 조작된 것이 아니었다. 그리고 어설픔에는 늘 개성이 묻는다. 그건 로스 리의 짓이었다.

평소에 아무 생각도 없었던 꼭두각시가 갑자기 번개라도 맞은 것처럼 살인을 저지르고 있었다. 하지만 왜? 지금 LK의 회장직에 오른다고 대단한 권력이 생기는 것도 아니고 따로 하고 싶은 게 있는 것도 아니다. 왜? 나는 로스 리가 한정혁 회장에게 원한을 품을 이유를 생각해봤지만 허사였다. 로스 리는 누군가에게 그렇게 대단한 부정적 감정을 품을 수 있는 사람이 아니었다.

"그렇게 궁금하다면 그냥 물어봐. 이틀 시간을 줄
게."

"이틀 뒤에는?"

"우리 직원을 그렇게 막 다루다 버렸는데 그냥 내
버려둘 수 없지. 우리대로 계획이 있어."

그라스캄프는 정말로 나에게 그린페어리 직원 다
섯 명을 붙여주었다. 그리고 꼭 스물세 시간 뒤에 나
와 최강우는 로스 리와 마주하고 있었다. 밀레니엄
힐튼 테헤란의 12층이었다. LK가 후원하는 현대무용
단의 첫 공연이 끝나고 꼭 한 시간 뒤였다.

그리고 파투산의 거미 둥지에서 김재인의 생령과
마주친 건 그로부터 서른일곱 시간 뒤의 일이다.

생령은 소름 끼칠 정도로 진짜 같다. 이게 내 웜이
만들어낸 디지털 환영이 아니라는 걸 몰랐다면 진짜
라고 생각했을지도 모른다. 완벽한 무게감, 완벽한
그림자 효과, 완벽한 발자국 소리.

아니, 진짜 같은 게 아니라 진짜다. 지금 김재인의
정신과 감정을 표현하고 있는 것은 소파 위의 몸이
아니라 눈앞의 환영이다. 그리고 그 환영은 내가 아

는 김재인보다 훨씬 인간처럼 보인다. 입고 있는 옷은 더 이상 수트가 아니라 비슷한 색의 헐렁한 평상복이고, 구두 대신 보라색 침실 슬리퍼를 신고 있다. 동그란 이마 위로는 몇 가닥의 잔머리가 삐져나와 있다. 무게 중심을 왼발에 두고 양손을 바지 주머니에 넣은 채 장난꾸러기 같은 미소를 짓고 있는 이 모습은 혼란스러울 정도로 낯설고 매력적이다.

한동안 나는 말문이 막힌다. 오늘의 소동은 나와 김재인의 공동 각본에 따른 연극이었지만, 그 각본을 쓰는 동안에도 우린 서로에게 충분한 정보를 주지 않았다. 정교한 각본을 따른 1막이 끝나면 각자 준비한 대본에 바탕을 둔 즉흥극이 기다리고 있다. 이건 1막처럼 기계적으로 시작할 수 있는 게 아니다. 그리고 나는 김재인의 이 낯선 모습에 전혀 대비가 되어 있지 않았다.

마침내 발동이 걸린 나는 더듬더듬 이야기를 시작한다. 내가 최강우를 만난 일, 살인 기도, 회장의 기억을 되살린 일, 로스 리를 만나러 호텔 방으로 쳐들어간 일까지. 자기 이야기가 나올 때마다 최강우는 얼굴을 붉히며 시선을 바닥에 박는다.

"별로 놀라지 않더군요."

나는 김재인의 생령에게 말한다.

"반대로 우리를 기다리고 있는 것 같았습니다. 거기까지 올라가느라 애를 먹긴 했어요. 경호를 거두거나 그러지는 않았습니다. 하지만 결국 언젠가 그 순간이 온다는 걸 알았던 겁니다. 그날이 아니면 다른 날, 우리가 아니면 다른 누구. 그 양반은 자신이 저지른 범죄에 진지했습니다. 아무런 양심의 가책 없이 그냥 넘어갈 일이 아니었어요. 자신의 범죄와 마주하는 그 순간은 반드시 와야 했습니다. 그래야 논리가 맞았어요. 로스 리는 한정혁만큼이나 미학적인 논리에 집착했습니다. 그래서 젊은 시절에 그렇게 뛰어난 엔지니어였던 거죠. 그래서 두 사람이 그렇게 죽이 잘 맞았던 거고요.

하지만 여기엔 구멍이 있었습니다. '왜?' 전 로스 리가 여기에 대해 만족스러운 답을 갖고 있길 바랐습니다. 어차피 곧 죽을 30년 지기 친구를 죽였는데 답이 '몇 달 일찍 LK의 짱이 되고 싶었다'라면 실망스러울 수밖에 없지 않습니까?

다행히도 그건 아니었습니다. 로스 리에겐 훌륭한

동기가 있었어요. 그것도 제가 아는 로스 리의 캐릭터에 완벽하게 맞는.

처음에 저는 이게 LK의 지배에서 벗어나려는 파투산 정부의 계획과 관계가 있는 게 아닌가 생각했습니다. 하지만 로스 리는 여기에 대해 아무것도 몰랐어요. 여기서 일어난 학살에 대해서도 몰랐습니다. 몰랐어야 했어요. LK의 밝은 면만 대표하는 사람이어야 했기 때문에. 한정혁 회장은 자신이 LK의 모든 어두운 짐을 혼자 짊어질 운명이라고 생각했던 모양인데, 지금 생각해보니 솔직히 재수 없습니다.

하지만 그 양반은 다른 걸 알고 있었습니다. 한정혁 회장이 자기 죽음 뒤를 준비하고 있었다는 것을요. 그건 그냥 자신의 기억과 목표를 AI에 넘겨주는 정도가 아니었습니다. 그건 이미 공공연하게 진행되는 일상이었지요. 단지 한 회장은 이를 넘어 자신의 정신을 LK의 AI와 결합해 신이 되려고 했습니다.

처음엔 이게 무슨 농담인가 했습니다. 전 이 방면의 전문가는 아니지만, 인간 의식을 그대로 옮기는 건 아직 불가능하다는 사실 정도는 알고 있어요. 이 사건이 일어난 뒤에 다시 검색해봤지만, 그동안 상황이 달라진 것도 아니었습니다. 하지만 이 모든 건 목표를 어디에 두고 정의를 어떻게 내리느냐의 문제인 겁니다. 어떻게 보면 지금도 LK는 인간들의 방치 속에 죽은 회장의 의지대로 움직인다고 할 수 있지 않습니까. 하지만 이 상태는 언제든 살아있는 사람들이 저지할 수 있습니다. 이에 맞서려면 살아서 새 정보를 흡수하고 성장하면서 그에 맞추어 적극적인 의지를 행사할 수 있는 존재가 필요해요. 그것만 현실화시킬 수 있다면 의식의 연속성 따위는 그리 중요하지 않습니다. 연속성보다 중요한 건 능력이지요. 한 회장은 자신을 닮았지만, 자신을 초월한 기계장치의 신을 만들려 했습니다.

신이 되는 게 그렇게 끔찍한 일일까? 그렇지는 않겠지요. 인류는 처음으로 돌도끼를 만들면서, 처음으로 불을 일으키면서부터 자신을 초월하려 했으니까요. 돌도끼를 가진 자는 도구가 없는 자에 비교하면 신입니다. 한 회장이 하려고 한 건 작게 보면 그냥 늘 하던 작업의 연장이었고, 크게 보면 빈약하고 초라한 육체를 극복하려는 인류 여정의 당연한 일부였습니다.

문제는 회장이 신이 되려고 했다는 게 아니었습니다. 그 과정을 통해 죽은 뒤에도 LK를 지배하려 했다는 것이지요. 그냥 천상에서 신으로 남으면 누가 뭐라겠습니까. 하지만 죽은 자가 살아있는 사람들의 세상에 간섭한다면 사정은 달라집니다.

한 회장이 개입하지 않아도 회사 AI의 영향력은 점점 커져가고 있었습니다. 우리가 아무리 막으려 노력해도 LK와 같은 대기업은 결국 하나의 AI 인격체에 통합될 겁니다. 백 년 뒤에는 국가도 결국 같은 꼴이 날지도 모르죠. 그 안의 인간은 아무리 자유의지에 따라 권리를 행사하려 해도 결국 거대 AI의 부속품이 되어 그 안에 흡수될 겁니다. 이건 우리가 아무리 발버둥 쳐도 막을 수 없는 미래입니다. 단지 여기에 대비하고 적응할 시간이 필요할 뿐이지요.

문제는 다른 것입니다. LK의 AI 집단이 한 회장의 비전에 따라 움직이고 있는 건 모두가 아는 사실입니다. 지금은 그게 회사를 위한 최선이지요. 하지만 몇십 년 동안 온갖 편견을 안고 살아온 특정 시대의 편협한 인간이 거대 AI의 성장에 신처럼 개입한다면? 죽은 자의 비전과 설계는 기껏해야 관성에 따라 움직입니다. 하지만 의식과 의지를 가진 유령은 사정이 다릅니다. 자기 말로는 발전하고 공부하고 성장한다 지만 노인네의 정신이 과연 그렇습니까? 그리고 그 늙은 유령이 지금 이 시대에 인류에게 가장 중요한 회사를 장악하려 한다면?

로스 리는 이를 막아야 한다고 생각했습니다. 그래서 회장을 독살하고 뇌 안의 웜과 회장이 업로드하려던 모든 데이터를 파괴했습니다. 하지만 그것만으로는 안심할 수 없었지요. 아직 LK의 광대한 네트워크 어딘가에 한 회장의 유령이 숨어 있을 수도 있었습니다. 최대한 회사를 방치하면서 어딘가에 있을 그 흔적을 찾아야 했습니다. 전 지금까지 로스 리의 무능함과 게으름을 놀려댔는데, 알고 봤더니 무능하지도 않았고 그 게으름은 필사적이었습니다.

그때 저 친구, 최강우가 등장한 겁니다. 로스 리는 한정혁 회장이 당신에게 어떤 감정을 품고 있는지 알고 있는 거의 유일한 사람이었습니다. 최강우와 안톤 최의 외모 유사성을 알아본 몇 안 되는 사람이기도 했고요. 심지어 보안부의 테키들을 통해 그린페어리의 직원들에 바이오봇을 심은 건 로스 리 자신이었단 말입니다. 이 일을 일으킨 LK로보틱스의 테키들은 한 회장이 죽기 전에 이미 로스 리가 고용한 사람들이었습니다. 대단한 우연도 아니었어요. 기술과 인재의 폭이 좁았으니 어쩔 수 없었지요. 하여간 최강우의 정체를 뚫어 보는 건 시간문제였습니다.

하지만 이게 전부일까요? 기억의 일부를 잘생긴 젊은 남자에게 이식해 당신을 차지하게 하는 게 목표의 전부였을까요? 죽은 친구의 계획은 그렇게 시시했을까요? 아니면 어쩌다 남은 친구의 잔해에 불과했을까요? 확인하려면 합격시켜 회사로 불러들이는 수밖에 없었습니다.

바이오봇으로 그린페어리 직원들을 좀비로 만든건 그 자체론 논리가 맞았습니다. 보안부에서 동원할 수 있는 사람들은 테키들밖에 없으니 자기 마음대로 조종할 수 있는 현장요원들이 필요했겠지요. 보통 사람 같았다면 그냥 다른 회사를 고용했겠지만, 무리해서라도 자기가 가진 기술을 활용하고 싶다는 정신나간 동기는 이해가 됩니다. 요새 무난한 모습만 보면 모르겠지만, 로스 리는 왕년엔 미친 과학자였으니까요. 흰긴수염고래 크기의 두 배나 되는 인조 생명체를 만들어 LK튜브를 만드는 공장의 부품으로 삼은 인간이 아닙니까. 그렇게 잔인한 사람이 아니었지만 인류를 위한다는 거대한 목표에 빠지자 슬슬 목숨값을 계산하기 시작한 것입니다.

로스 리는 점점 무리수를 두게 되었습니다. 대외업무부가 개입하고, 오쇼네시의 존재가 노출된 것처럼 예상하지 못했던 일들이 자꾸 일어났고요. 최강우의 윔을 뽑으려다 오쇼네시를 죽였을 때, 그 양반은 패닉 상태였습니다. 일은 커져 갔고, 보안부의 타마키가 그 흔적을 눈치챘지요. 타마키를 통해 정보를 입수한 한수현도 감을 잡기 시작했습니다. 죽은 친구의 음모임이 분명했던 그 사원을 최대한 빨리 제거해야 했습니다. 하지만 보안부의 현장 전문가들과는 달리 로스 리는 쉽고 간결한 길을 찾을 수 없었지요. 크리스티 고전에 나오는 이상한 살인범들처럼 배배꼬인 음모의 길을 따를 수밖에 없었습니다. 그게 그 사람에겐 최단 거리였으니까요.

'정혁이, 그 친구는 한 번도 죽은 적이 없었어요.'

로스 리가 말하더군요.

'적어도 나에겐 그렇습니다. 내가 아무리 그 친구

를 죽이고 흔적을 없애려 해도 정혁이의 일부는 늘 회사 어딘가에 살아 있었습니다. 그 친구를 죽이는 과정 자체가 오히려 내 내면 속에서 한정혁을 살려내는 과정 같았어요. 이제 난 내가 얼마나 로스 리인지도 모르겠습니다.'

'찾는 걸 포기하셨단 말입니까?'

'그렇지는 않아요. 반대로 이렇게 되니까 그 친구의 계획이 보이더군요. 정혁이가 자기를 말살하려는 나 같은 사람을 대비하려 했다면 어떻게 했을까? 나 같은 사람들을 몰아내고 난 뒤 회사 AI에 이식할 자신의 정신을 담은 데이터를 어디에 숨겼을까? 조금만 생각해도 금방 답이 나오지 않습니까?'

그러더니 그 양반은 손가락으로 하늘을 가리켰습니다.

'궤도 엘리베이터의 스테이션 말입니까?'

내가 말하자 고개를 젓더군요.

'아니, 거긴 너무 분주하지, 더 위. 평형추 말입니다.'"

## 깨워야 할 사람

"그린페어리가 로스 리를 죽였나요?"

생령이 묻는다.

"아뇨. 왜 그런 짓을 하겠습니까? 살려두고 이용
해먹는 게 그쪽에 더 유리한데요? 뉴스에 나온 게 맞
아요. 로스 리는 치사량 네 배의 소마-T를 자기 몸
에 주사해 자살했습니다. 심지어 죄의식 때문도 아니
었습니다. 중간에 조금 미안한 희생자가 났지만, 끝
까지 인류를 위해 옳은 일을 하고 있다고 믿었으니까
요.

로스 리가 죽은 건 다른 이유 때문이었습니다. 실
연요. 사흘 전에 두 번째 전남편이 재결합하자는 애

원을 아주 독하게 거절했습니다. 전쟁에 져서가 아니라 사랑 때문에 죽은 겁니다. 로스 리에겐 인류의 운명보다 사랑과 자존심이 더 중요했어요. 당신 같은 사람은 끝까지 이해하지 못하겠지만."

마지막 문장을 내뱉고 나는 곧 후회한다. 하지만 그 순간 나는 내가 왜 김재인을 그렇게 싫어했는지 깨닫는다. 태도 때문이다. 우리들의 사소한 욕망과 감정을 대놓고 무시하고 경멸하는 듯한 그 어설픈 외계인 같은 느낌. 완벽한 예의와 친절의 껍질을 쓰고 있어도 그 기분 나쁜 태도는 정체불명의 화학물질 냄새처럼 스멀스멀 흘러나왔다.

지금은 모르겠다. 지금 내 눈앞에 서 있는 생령은 아까 내가 뱉은 말에 특별히 충격을 받은 것 같지는 않다. 하지만 내가 지금까지 알고 있던 김재인과는 달리 이해심 풍부한 표정으로 나를 올려다보며 고개를 가볍게 끄덕이고 있다.

오히려 그 말에 충격을 받은 것은 최강우다. 뒤에 말뚝처럼 서 있는 녀석의 얼굴이 스위치를 누른 것처럼 다시 붉게 달아오른다.

"죄송합니다. 해서는 안 되는 말이었어요."

나는 갑자기 닥친 죄의식에 밀려 더듬더듬 사과한다.

"괜찮아요."

생령이 미소를 지으며 대답한다.

생령은 자신의 몸이 누워 있는 소파에 앉는다. 서 있는 게 피곤해서는 당연히 아니고 이야기의 흐름에 맞추어 자세를 바꾸고 싶었나 보다. 앉아도 소파가 눌리거나 하지는 않아서 이제 빨간 소파는 마치 돌이나 금속으로 만들어진 것처럼 보인다.

'보세요, 길동이 아저씨. 별의 조각이에요.'

최강우에게서 들은 그 문장이 떠오른다. 김재인의 것이라고 믿을 수 없는 한없이 감상적이고 촌스러운 그 문장. 그 문장은 지금 내 앞에 있는 생령에게는 어울리는가? 김재인은 내가 없었을 때 회장 앞에서 이런 촌스러움을 허용했던 걸까?

"죽은 회장을 '길동이 아저씨'라고 부른 적이 있습니까?"

내가 묻는다.

김재인은 고개를 젓는다.

"진짜 기억이 아닌 겁니까?"

"진짜 기억이겠지요. 단지 그 기억 속의 사람은 내가 아니에요."

완전히 의미를 파악할 수 없는 모호한 표정이 김재인의 입가에 떠오른다.

"나에 대한 그 사람의 기억은 절반, 아니 그 이상이 허구예요. 실제 나와의 관계로는 도저히 만족할 수 없었으니까요. 그 공허함을 채우기 위해 픽션이 동원되어야 했지요. 그 안엔 수많은 내가 있었어요. 더 귀엽고 사랑스러운 버전, 더 냉정하고 잔인한 버전, 더 섹시하고 유혹적인 버전, 심지어 나보다도 더 나 같은 버전도 있었지요.

이 자체는 이상하지 않아요. 다들 다른 사람들에 대한 망상을 품고 살잖아요. 요즘 같은 시대엔 그런 망상을 그럴싸하게 현실화시킬 수도 있고. 나와 관련된 팬픽 망상들이 인터넷에 얼마나 많은지 내가 모를까요? 단지 그 사람이 가진 기술은 하찮은 팬픽 작가들을 능가했지요. 그 좋은 기술을 나에 대한 망상을 돌리는 데에 썼어요.

한정혁 회장은 나를 강간하지도 않았고 내게 애정을 강요하지도 않았어요. 언제나 친절한 친척 아저씨처럼 굴었고 거리를 유지했어요. 그 많은 망상이 머릿속에 있었으니 그럴 필요도 없었겠지요. 난 그것들에 대해서는 비교적 최근에 알았어요. 파투산의 AI들을 구슬려 찾아냈지요.

최강우 사원에게 주입된 건 정련된 기억이었을 거예요. 회장의 실제 기억에서 좋은 것만 뽑아내 편집한. 하지만 회장은 진짜 나에 대한 기억만을 남기는 데에 실패한 모양이군요. 그 '길동이 아저씨'에 대한 가짜 기억이 그렇게 소중했을까요?"

"자신의 이상화된 버전이 당신과 결합하길 바랐던 거군요."

김재인은 양미간을 찌푸린다.

"아니, 그렇지는 않았을 거예요. 그 사람은 그냥 이상화된 작은 자화상을 하나 남긴 거예요. 자기 시점에서 본 내 모습에서 가장 아름다운 형태로 감정과 욕망을 다듬어 계속 나를 살아있게 한 것뿐이에요. 그뿐이에요. 나와의 결합은 상상도 하지 않았을 거예요."

김재인은 일어난다. 석상처럼 굳은 자세로 자기를 바라보고 있던 최강우를 향해 몸을 돌리더니 다시 양손을 주머니에 쑤셔 넣고 마치 춤추는 것처럼 가볍게 걸어간다. 최강우는 어린아이처럼 천진난만한 표정을 짓고 있는 김재인의 얼굴을 쏘아보다가 얼굴을 확 붉히며 고개를 떨군다.

"내 말이 맞다는 걸 알고 있지 않나요, 최강우 씨?"

녀석은 느릿느릿 고개를 끄덕인다. 마치 시작도 한 적 없는 전쟁의 패배를 인정하는 것처럼.

이건 내 계획과 맞지 않는다. 모든 변수를 다 계산했던 건 아니고, 예상하지 못할 일이 일어날 수밖에 없다고는 생각했지만 그래도 이건 아니다. 나는 김재인이 이렇게 손쉽게 녀석을 장악할 거라고는 상상도 하지 못했다. 실제 모습을 보면 녀석의 로맨틱한 판타지는 금이 갈 거라고, 내가 가진 녀석의 통제권은 그 뒤에도 어느 정도 남아 있을 거라 생각했다.

생령은 내가 예상했던 것과 크게 다르지 않은 이야기를 하고 있다. 하지만 내가 알고 있다고 생각했던 그 로봇 같은 여자는 어디로 갔는가. 저 태도와 표정과 동작과 목소리는 어디서 온 것인가. 지금까지 나에게 보여주었던 차가운 얼굴은 LK의 전쟁터에서 스스로를 보호하기 위해 쓰고 있었던 갑옷이었나? 내 계획을 무너트리고 있는 이 낯선 비언어적인 속성은 어디서 온 것인가.

울화통이 터진 나는 둘 사이에 뛰어든다.

"그럼 뭡니까? 우리가 지금까지 겪은 일은 뭐고, 왜 이런 연극을 하면서까지 여기서 당신과 만나야 했던 겁니까?"

김재인은 뒤로 물러나 나와 최강우가 모두 얼굴을 볼 수 있는 정삼각형의 꼭짓점에 선다. 그곳은 우두머리의, 군주의 자리다. 이 작은 여자의 유령은 우리 둘보다 한참 작지만 자연스러운 우두머리의 위엄으로 우리를 지배하기 시작하고 있다. 여전히 눈과 입 끝에 남아 있는 어린아이와 같은 결백한 미소는 여기에 어떤 방해도 되지 않는다.

"여러분이 해야 할 일이 있으니까요. 최강우 씨의 두뇌에 들어 있는 건 초상화이기도 하지만 열쇠이기도 해요. 삼촌은 자신의 정신을 담은 데이터를 직소 퍼즐처럼 조금씩 쪼개 온갖 잡동사니 안에 숨긴 뒤 평형추로 올려 보냈습니다. 그 정신을 빨리 맞추어 깨워야 해요. 로스 리가 알아냈다면 수현 오빠가 알아내는 것도 시간문제니까요."

"한수현이 먼저 알아내면 뭐가 달라집니까?"

"그렇게 되면 오빠는 평형추에 있는 한정혁 회장의 정신을 파괴하고, 보다 말을 잘 듣는 허수아비를 내세워 LK를 독점하려 하겠지요. 로스 아저씨도 없으니 한동안 막을 사람도 없어요. 그리고 지금 상황에서 수현 오빠는 LK를 이끌 최악의 인물입니다.

로스 아저씨는 한정혁 회장의 정신이 회사의 AI와 결합되는 것이 마치 아포칼립스의 시작이라도 되는 것처럼 굴었지요. 하지만 그렇지 않아요. LK의 AI 집단이, 아니 우리가 그 정도 대비도 되어 있지 않다고 생각하시나요? 한 회장의 정신과 의지가 들어간다고 당장 죽은 자의 독재가 시작되는 일 따위는 벌어지지 않아요. 자기가 판타지 소설 주인공이라도 되는 줄 아는 바보를 무력화시키고 인류가 우주로 진출하려는 혁명적인 시기에 꼭 필요한 자산일 뿐이죠."

"니아 압바스는 왜 이 계획을 지원하는 겁니까?"

"한수현에게 가장 중요한 건 LK입니다. 궤도 엘리베이터는 아마 네 번째쯤 될 거예요. 하지만 한 회장에게 LK의 우선순위는 그렇게 높지 않습니다. 제대로 작동되고 유지될 수 있다면 궤도 엘리베이터가 LK

가 아닌 다른 누군가에게 넘어가도 상관없지요. 파투산 정부에겐 훨씬 유리한 대화 상대입니다."

"하지만 급할 거 있나요? 죽은 회장이 그렇게 공을 들여 자기 정신을 올려 보냈다면 아마 방어 장치도 해놨을 겁니다. 그 방어 장치가 뭐건 그건 한수현보다 똑똑할 겁니다. 아마 저 친구가 유일한 열쇠도 아니겠지요. 최강우가 죽으면 저 역할을 할 비슷하게 생긴 누군가가 여기로 찾아와 당신을 지금처럼 강아지 같은 눈으로 쳐다보겠지요."

"그렇겠지요. 하지만 굳이 기다렸다가 그걸 확인해야 할까요?"

## 누군가는 밑에서 할 일이 있다

몇 초 동안 나는 내 앞에 진짜 물리적 실체인 척하며 서 있는 저 작은 여자의 영상이 과연 진짜 김재인인지 의심한다. 그 의심은 타당하다. 진짜 김재인이 정신을 잃은 상태이고, 정체불명의 AI나 다른 누군가가 김재인을 흉내내고 있을 가능성은 충분히 있다. 이 멜로드라마틱한 연극 자체가 진짜 김재인의 방해를 차단하기 위한 다른 누군가의 음모일 수도 있는 것이다. 나는 갑자기 솟아오른 이 가설을 도저히 반박할 수 없다.

하지만 달라지는 건 없다. 우리에게 출구는 하나뿐이다. 최강우는 평형추로 올라가야 한다. 녀석이 올라가야 할 진짜 최상층은 거기다. 그게 이야기의 유일하게 논리적인 결말이다. 그 결말이 지켜진다면 지금의 김재인이 진짜인가, 가짜인가는 중요하지 않다.

파투산 궤도 엘리베이터의 평형추에 대해 깊이 생각해본 적이 없다. 없으면 안 되는 중요한 부분이긴 하다. 평형추가 원심력으로 케이블을 잡아당기기 때문에 그 장력으로 궤도 엘리베이터의 구조가 유지된다. 케이블이 두 가닥이 되고 양쪽 모두 점점 굵어지는 동안 나포되어 탄광으로 쓰였던 소행성의 잔해인 평형추는 울퉁불퉁한 모양으로 성장해갔다. 정지궤도의 스테이션에서 나온 온갖 쓰레기들도 그 성장을 보탰다. 지금의 평형추는 지상과 궤도 여기저기에서 수거한 우주 잔해, 버려진 케이블이 뒤섞인 폐허 같다. 안정적인 인공중력이 있으니 언젠가 그곳에도 스테이션이 생기겠지만 아직은 아니다. 일단 너무 멀고 지구의 사람들과 물건들을 중력 우물에서 탈출시키는 일은 이미 정지궤도의 스테이션이 하고 있다.

지금 그곳은 오직 로봇들만의 영역이다. 지상의 방해 없이 쓰레기와 운석을 정리하고 쌓고 엮는 작은 기계들의 세상.

물건 숨기기 괜찮은 곳이다. 궤도 엘리베이터를 타고 올라가면 당연히 기록이 남고 눈에 뜨인다. 스카이후크나 로켓으로 우주선을 쏘아 올리거나 쓰레기 수거 우주선으로 위장해 접근할 수 있겠지만 안으로 들어가기 어렵다. 일단 들어간다고 해도 찾는 물건이 어디에 흩어져 있는지 모른다면 미로 속에서 굶어 죽거나 배터리가 방전된 채 버려질 것이다. 그렇다면 로봇들은 그 시체나 잔해를 평형추의 무게를 더하는 데에 보태겠지. 오로지 찾는 목표물이 어디에 있고 어떻게 해야 작동하는지 아는 이만이 이 보물찾기에서 성공할 수 있다. 무엇보다 이 모든 것에는 동화적인 아름다움이 있다. 내가 아는 한정혁 회장이 좋아할 법한.

최강우는 우주복을 챙겨 입고 있다. 실습 이후 처음 입어보는 것이지만 도뇨관을 꽂고 우주복의 인공신경이 연결된 패드를 부착하는 솜씨가 능숙하다. 이것도 다섯 차례 궤도 엘리베이터 여행을 한 경험이 있는 죽은 회장의 기억 때문일까? 지금까지 나는 최강우의 마음속을 열린 책처럼 손쉽게 읽을 수 있다고 생각했지만, 지금은 잘 모르겠다. 깨어난 한 회장의 기억은 저 녀석을 얼마나 바꾸었을까? 과연 녀석의 머릿속에서 깨어난 것이 한 회장의 기억뿐일까?

김재인이 오케이 신호를 하자 최강우는 스파이더 안에 서 있는 캡슐 속으로 들어간다. 녀석의 무게를 감지한 스파이더는 캡슐을 천천히 눕히고 비어 있는 다른 캡슐 두 개를 포함한 부품들을 움직여 무게중심을 교정한다. 나는 김재인의 지시에 따라 스파이더를 밀봉한다.

출입구가 열린다. 짧은 머리에 근육질인 젊은 여자가 접이식 휠체어를 밀고 들어온다. 십이 분 전에 김재인이 암기시킨 대사를 그대로 읊으며 내가 부른 간호사다. LK에 들어온 지 얼마 되지 않아 뇌에 아직 어떤 종류의 이식물도 들어 있지 않은 사람이다. 나는 총을 휘두르며 그 사람을 소파 쪽으로 몰고 간다. 간호사는 김재인의 몸을 간단히 진찰한 뒤 휠체어에 앉힌다. 두 사람은 직원용 숙소로 들어가고 나는 밖에서 문을 잠근다. 나는 뒤를 돌아본다. 김재인의 생령은 전보다 살짝 긴장이 풀린 듯한 표정이다. 이 모든 게 자기 계획이었으면서도 생령은 무방비 상태의 자기 몸을 우리가 보는 것에 불편함을 느끼는 것 같았다. 하지만 나이 든 동성애자인 나와 구닥다리 원탁의 기사 같은 최강우보다 저 사람이 더 안전할 이유가 있는가? 내가 알 바 아니긴 하지만.

모니터로 본 스파이더 내부의 캡슐은 아이언 메이든처럼 보인다. 캡슐 안 카메라가 찍은 녀석의 얼굴은 잔뜩 겁에 질려 있다. 갑자기 그 얼굴은 표정이 풀어지고 멍해진다. 김재인이 원격조종으로 소마-T를 주사한 것이다. 녀석의 시간 감각은 서서히 느려진다. 앞으로 사흘 동안 그 안에 갇혀 있을 테니 다른 도리가 없다. 상관없다. 지금 나에게 필요한 건 최강우가 아니라 최강우의 윕이고 그 윕은 주인과는 달리 정상적인 속도를 따른다. 지금과 같은 상황에서는 내가 사용할 수 있는 모든 자산을 활용해야 한다.

커버가 닫히고 스파이더는 알아서 엘리베이터 기둥으로 들어간다. 가장자리가 두 개의 레일과 연결된다. 기둥 문이 닫히고 스파이더가 올라가는 소리가 들린다.

그 순간 내 머릿속 윕이 활짝 열린다. 김재인이 나에게 파투산의 정보를 불어넣어주고 있다. 파투산 신시가지와 궤도 엘리베이터의 구조가 눈앞에 펼쳐진다. 최강우를 태운 스파이더가 레일을 타고 느릿느릿 올라가는 것이 보인다. 최상층의 인공지능이 스파이더를 케이블과 연결하려고 준비하는 것도 보인다. 구경꾼들과 기자들, 경찰들, LK 직원들의 움직임이 보인다. 보안부의 드론들이 스파이더 주변으로 몰려드는 것이 보인다. 지하 카페테리아의 고장 난 카푸치노 머신이 보인다. 경찰서 화장실 변기가 물을 내리는 게 보인다. 이 소란이 일어나는 동안 실종된 미아의 얼굴이 보인다. CCTV에 찍힌 나비 떼가 보인다. 쏟아지는 정보가 너무 많아 내 두뇌가 녹아버리지 않는 게 신기할 지경이다. 하지만 LK의 웝이 그렇게 대충 만들어진 기계일 리가 없다. 이 모든 건 그냥 인상일 뿐이다.

나는 신시가지에 상주하는 보안부의 모든 직원을 파란 점으로 표시한다. 그중에서 알렉산더 음툰지 타마키를 찾아내 파란 동그라미를 친다. 얼마 전까지 타모에에 있었던 타마키는 지금 허밍버드로 파투산 산 주변을 돌고 있다. 이들의 통신 내용은 읽을 수 없다. 하지만 파란 점들의 움직임만 봐도 보안부의 의도를 짐작할 수 있다. 파란 점들의 움직임은 공격적이다. 이들은 이미 사태를 파악했고 목표도 분명하다. 스파이더가 케이블에 연결되기 전에 막는 것.

　나는 직원용 엘리베이터에 뛰어오른다. 김재인은 타지 않는다. 둥지 안에 계속 남아 있긴 한 건지도 알 수 없다. 상관없다. 생령의 환영은 나와 최강우를 심리적으로 조종하기 위해서나 필요했다. 우리는 이미 조종당했다.

　나는 이제 최강우가 탄 스파이더와 거의 같은 속도로 올라가고 있다. 엘리베이터 안에서 나는 보이지 않는 수십 개의 팔을 뻗어 파투산의 시스템 안으로 들어간다. 보안부 드론들이 스파이더에 접근할 수 있는 모든 통로를 차단한다. 하지만 이것만으로는 부족하다. 파란 점들이 레일을 향해 달려가고 있고 엘리베이터 시스템 내부에 거미줄처럼 깔려 있던 보안부의 자체 시스템 역시 깨어나고 있다.

　폭음이 들린다. 서른 대의 보안부 드론이 수직 터널의 벽을 뚫고 안으로 날아 들어온다. 이들 중 한 마리라도 레일을 건드린다면 스파이더는 통로 중간에 갇히게 된다. 하지만 김재인은 빠르다. 드론 중 열한 대의 암호가 풀리고 그 통제권이 나에게 넘어온다.

이제 남은 열아홉 대의 드론을 막을 수 있는 무기가 생겼다. 하지만 무작정 격추할 수는 없다. 잘못하다가는 레일을 건드릴 수 있다. 나는 밑에 있는 드론 세 대를 이용해 아래에서 올라오는 드론들을 나노 미사일로 격추시키고 다섯 대는 미사일 없이 육탄전을 시킨다. 기능을 잃은 드론들이 하나씩 아래로 떨어져간다. 나는 추락하는 내 드론들의 몸에서 버그들을 푼다. 마흔 대의 파리만 한 미니 드론들이 날아올라 적 드론의 몸을 파고든다. 모체가 기능을 잃고 추락했기 때문에 나는 이들을 최강우의 윔을 통해 직접 조종해야 한다. 버그 사이즈에서는 유체역학이 일반 드론과 조금 다른 식으로 작동하지만 곧 윔의 강제 교육을 받은 나는 여기에도 익숙해진다. 마지막 보안부 드론이 격추되었을 때 내 것은 아직 두 대가 남아 있다.

요란한 소리와 함께 레일 조각이 스파이더에 떨어져 튕겨 나간다. 3.2킬로미터 지점에서 튀어나온 보안부 요원이 미니 미사일로 레일 하나를 날려버렸다. 나는 드론을 날려 두 번째 미사일을 발사하려는 놈의 머리를 날린다. 시체와 두개골 파편들이 스파이더를 스치며 떨어진다. 나는 레일을 확인한다. 1미터 정도의 빈 공간이 남아 있고 위아래 절단 부위가 휘어 있지만 그 부분들은 레일 유닛에서 떨어뜨리는 것으로 해결할 수 있다. 겨우 4미터만 레일 하나에 의존하면 된다.

머릿속에서 경보음이 들린다. 최상층 꼭대기에 장착된 다섯 대의 레일건 중 하나가 움직이고 있다. 원래 이것은 궤도 엘리베이터 시설과 케이블을 보호하기 위한 방어용이다. 구조상 케이블이나 스파이더를 건드리지는 못한다. 적어도 내가 알기로는 그렇다. 하지만 그 레일건은 지금 주변 콘크리트 지지대를 부수면서 이상한 각도로 몸체를 뒤틀고 있다. 아무도 몰랐던 레일건의 숨은 기능이 보안부 시스템에 의해 깨어나고 있다. 나는 보안부 시스템에서 뻗어 나온 연결선이 어디에 닿아 있는지 확인한다. 파란 동그라미다. 렉스 타마키.

놈은 도대체 무슨 계획인 걸까? 레일건으로 스파이더를 날리는 건 충분히 상상할 수 있는 일이다. 하지만 타마키가 LK에 들어와 지금까지 추구해왔던 정치적 섬세함과는 멀다. 최강우가 죽는다면 한수현은 좋아할 것이다. 하지만 레일건의 숨은 기능까지 이용해 스파이더를 격추한다면 한수현과 보안부 모두 귀찮아진다. 한수현은 당연히 LK 내부 경쟁자들의 공격을 받을 것이고 타마키의 입지도 위태로워진다. 반대로 생각하면 타마키는 굳이 한수현의 편을 그렇게 열심히 들 필요도 없다. 충성 맹세를 한 것도 아니고 보안부는 언제든지 다른 줄을 탈 수 있다. 최강우가 한회장을 깨운다고 해서 타마키의 하늘이 무너져 내리지는 않는다. 도대체 왜 이러는 거지, 알렉산더? 내가 모르는 뭔가를 아는 거야?

나는 지금까지 감고 있던 눈을 뜬다. 엘리베이터는 3.67킬로미터, 그러니까 최상층에서 20미터 밑에 와 있다. 나는 권총을 뽑아 안전장치를 푼다. 문이 열리자 나는 최상층으로 뛰어나온다. 총성이 들리고 날카로운 통증이 내 왼팔을 긁고 지나간다. 나는 김재인이 보내주는 영상 정보를 받으며 뛰어나가 두 발을 쏜다. 비명이 들리고 표적이 사라지지만 넘어지는 소리는 들리지 않는다. 시체는 자유낙하하고 있다. 나는 시체가 살아있을 때 갖고 있었던 미니 미사일 발사기를 집어 든다. 타마키가 타고 있는 허밍버드는 보이지 않는다. 이 기계는 도대체 어떻게 작동하는지도 모르겠다. 하지만 김재인은 나에게 무지를 허용하지 않는다. 순식간에 내 웜으로 정보가 쏟아져 들어온다. 타마키의 허밍버드는 보이지 않지만 상관없다. 나는 전능한 신처럼 파투산을 굽어보는 김재인의 눈으로 표적을 보고 미사일을 발사한다. 허밍버드는 폭파되고 내가 한동안 욕망했던 남자의 몸은 금속 조각들과 함께 갈가리 찢겨나간다.

뒤틀려 있던 레일건이 뒤로 고개를 숙인다. 김재인이 개입한 것이다. 익숙한 하프시코드 음악이 들린다. 최강우를 실은 스파이더가 케이블에 연결되어 상승하고 있다.

## 평형추

스파이더가 상승하자 귀에서 낮게 웅얼거리던 소음은 조금씩 높아지면서 〈피서지에서 생긴 일〉의 주제곡이 되었다. 다다다다 다다다다다, 다다다다다, 다다다다다… 음악은 여섯 번 반복되었고 세 번째 반복 때부터 최강우는 조금 미칠 것 같았다.

밖에서 본다면 최강우는 우주복을 입고 60시간 동안 가만히 누워 있는 것처럼 보인다. 하지만 최강우는 그동안 깨어 있었다. 단지 시간 감각이 바뀌었을 뿐이다. 현실 세계의 60시간은 최강우에게 십오 분에 불과했다. 외부 세계는 너무 빨리 움직였기에 손가락 하나도 까딱할 수 없었다. 느려진 정신은 현실 세계의 속도를 따르는 운동신경을 제대로 다룰 수 없었다.

김재인의 윔에 연결된 최강우의 뇌는 그동안 파투산과 궤도 엘리베이터에서 일어난 모든 일을 엄청난 속도로 받아들였다가 버렸다. 내가 목숨을 걸고 스파이더를 지켰던 사건은 일 초도 되지 않는 짧은 시간 안에 벌어졌다.

사람에 집중할 수 없었던 최강우는 외부 세계로 눈을 돌렸다. 우주는 인간들보다 느리게 움직였다. 캡슐 너머로 보이는 스크린은 스파이더 외부 카메라가 찍은 하늘을 비추었다. 하늘은 순식간에 어두워졌고 느리게 원형을 그리는 별로 가득 찼다. 친구가 두 번 반을 도는 동안 화성과 목성은 그보다 느리게 날았다. 〈피서지에서 생긴 일〉 노래가 네 번째 반복될 때 정지궤도 스테이션을 지나쳤고 여섯 번째 반복이 끝나자 화면이 꺼졌다.

최강우는 이제 바닥을 바라보며 엎드려 있었다. 캡슐의 각도는 바뀌지 않았지만, 정지궤도에 오를 때까지 몸을 당기는 중력이 서서히 약해졌고 스테이션을 통과하자 원심력이 지구 반대 방향으로 몸을 당기기 시작했다.

캡슐이 서고 스파이더의 뚜껑이 열렸다. 최강우는 문을 열고 나가려 했지만, 몸이 말을 듣지 않았다. 목에서 날카로운 통증이 느껴졌다. 우주복에서 새로 주입된 약물이 혈관과 뇌에 남은 소마-T의 약효를 지우고 있었다. 일곱 번째 반복을 시작한 〈피서지에서 생긴 일〉은 곧 웅웅거리는 저주파로 가라앉았고 결국 사라졌다.

최강우는 캡슐 문을 열고 스파이더에서 빠져나왔다. 60시간 넘게 그 안에 있었지만, 우주복이 수분과 영양분을 꾸준히 공급해주었기에 몸에 큰 이상은 없었다. 단지 근육과 운동신경이 제대로 돌아오는데 시간이 조금 필요했다. 녀석은 스파이더 주변을 걸으면서 가볍지만 안정된 평형추의 인공중력에 조금씩 익숙해졌다.

웜이 창을 열고 3차원 지도를 펼쳤다. 최강우와 스파이더는 우주에서 모은 금속 쓰레기를 엮어 쌓은 거대한 금속 피라미드 안에 있었다. 규칙 없이 엮은 것 같은 금속 골격 안에 우주선과 인공위성의 잔해들이 구멍투성이 케이블에 묶인 채 갇혀 있었다. 우주복을 입은 사람 한 명이 지나갈 수 있는 미로가 사방에 나

있었지만, 인간 거주민을 친절하게 배려한 것처럼 보이지는 않았다. 이곳은 피라미드를 건설하는 로봇들을 위한 작업용 통로였다.

전갈을 닮은 작은 트럭 모양의 로봇이 스파이더에 다가왔다. 로봇은 움찔하며 뒤로 물러난 남자를 무시하고 스파이더의 스크린 옆 계기판에 두 개의 파이프를 박았다. 스파이더 내부가 해석할 수 없는 리듬에 따라 반짝였다.

최강우는 천천히 걸었다. 여전히 자기가 어디에 있는지 어디로 가는지 알 수 없었지만 상관없었다. 위를 올려다보았다. 거기엔 지구가 있었다. 하지만 맨눈으로 볼 수 있는 건 쓰레기를 쌓아 만든 금속 천장과 군데군데 위로 난 통로뿐이었다.

인기척이 느껴졌다. 진공상태에서는 들릴 수가 없는 발소리와 옷이 스치는 소리가 났다. 김재인의 생령이었다. 생령은 마치 외줄 타기라도 하듯 양팔을 펼쳐 균형을 잡으며 옆에서 걷고 있었다. 걸음걸이의 리듬에 맞추어 포니테일이 가볍게 흔들렸다.

이제 어디로 가야 합니까?

그냥 기다려요. 시스템이 알아서 할 테니까. 요구

하는 것에 반응하기만 하면 돼요.

최강우는 걸으면서 기다렸다. 느낄 수 있는 것은 우주복 안의 텁텁한 공기와 도뇨관이 유발하는 통증뿐이었다. 한심했다.

갑자기 영화 속에 나오는 백열등 빛과 비슷한 노란빛이 주변을 채웠다. 진짜 빛이 아니었다. 맨눈으로 보는 현실에 시스템의 증강현실이 입혀진 것이다. 두 사람은 이제 촌스러운 벽지가 붙은 거대한 방 안에 있었다. 베이비파우더와 분유 냄새가 났고 창문 너머에서 러시아어 노래가 들렸다. 방 한가운데에는 밧줄처럼 굵은 끈에 매달린 커다란 비행기 장난감이 떠 있었다. 우주복 장갑을 낀 손으로 만지자 그 비행기는 갑자기 날렵해지더니 끈을 끊고 날아올랐다.

이제 최강우는 성층권 비행기의 일등석에 앉아 있었다. 이제는 우주복을 입고 있지 않았다. 몸에 잘 맞지 않는 싸구려 양복 차림이었다. 옆에는 중년 남자가 앉아 꾸벅꾸벅 졸고 있었다. 한부겸 회장이었다. 최강우는 좌석 앞에 있는 모니터를 잡아당겨 거울 기능을 켰다. 20대 초반으로 보이는 한정혁의 얼굴이 떠올랐다. 초라하고 빈약해 보였다. 제모 시술이 잘

233

못되었는지 턱은 얼룩덜룩했고 양복 소매에는 샌드
위치의 머스터드가 묻어 있었다.

　그 순간 모든 것이 가속되었다. 보고 듣는 모든 것
들이 연상 작용의 씨앗이 되었고 그 씨앗은 기하급수
적으로 늘어났다. 순식간에 한정혁의 인생을 이루는
수많은 조각이 최강우의 뇌 속에서 정렬되었다. 대부
분은 한사현의 책들을 읽거나 드라마를 본 사람들이
라면 익숙한 내용이었다. 단지 이 모든 것들은 한정
혁의 일인칭이었고, 최강우는 한정혁의 입장에서 모
든 사건들을 보았다. 한정혁은 한부겸 회장을 따라
서울로 간다. 한부겸의 아들들에게 구박을 받는다.
오직 한사현만이 허물없이 대한다. 오빠들보다 조금
더 친절한 사람이기도 하지만 그렇게 하면 오빠들이
열 받고 재수 없어 하는 걸 알기 때문이다. 한정혁은
한사현에 의지하기 시작하고 그러는 동안 이 세계 사
람들에 대해 조금씩 배우기 시작한다. 한사현이 쓴
책들을 낄낄거리며 읽고 장례식 폭탄 사고가 나자 이
틀 동안 눈이 퉁퉁 부을 정도로 운다. 죽은 한부겸 회
장의 가이드라인에 따라 LK의 수장이 된다. 그러던
어느 날 김재인이 뻔뻔스러운 작은 얼굴을 들이밀며

한씨 집안에 들어온다.

처음에는 그 똘망똘망함이 귀엽기만 하다. 하지만 이 열세 살 아이에게는 그 이상이 있다. 유전자가 섞이지 않았다는 것은 알지만 그래도 태도나 말투 같은 게 한사현을 닮았다. 나이가 들면서 아이는 한사현도, 김레나도 갖고 있지 않았던 자기만의 분위기를 풍긴다. 아이는 별에 대해, 정신의 발전에 대해 이야기한다. 한정혁은 극도의 죄책감을 느끼면서 이 피가 섞이지 않은 조카를 사랑하게 된다. 어떤 희망도 가질 수 없는 사랑이기에 한정혁의 뇌 안에 갇힌 감정과 욕망은 그 안에서 온갖 모순되는 방향으로 폭주한다. 이제 김재인은 한정혁에게 가치 있는 모든 것을 상징한다. 딸이고 스승이고 제자이고 뮤즈이고 옛날 영화에 나오는 흑백의 여신이다. 이제 한 회장의 우주는 김재인의 것이다. 전엔 우주나 궤도 엘리베이터 따위엔 아무 관심도 없었다. 하지만 이제 그것들은 한 회장의 모든 것이다. 그 애가 우주를 그렇게 사랑하니까. 세상과 사람들을 떠나 그렇게 우주에 가고 싶어 하니까. 회장은 '그 애'와 우주 사이의 모든 방해물을 제거해야 한다. 궤도 엘리베이터가 있어야 할 자리에 죽치고 앉아 진흙이나 파먹고 있는 비렁뱅이들도 예외는 아니다. 어차피 그들의 더러운 어선과 매음굴은 내가 쌓은 아름다운 탑과도 어울리지 않는다.

그 순간 아드난 아흐마드의 커다란 얼굴이 유령의 집 인형처럼 어둠 속에서 튀어나오고 한 회장의 세상은 붕괴되어 버렸다.

최강우와 김재인은 이제 파투산의 붕괴된 터널 안에 서 있었다. 곳곳에 바위에 깔린 시체가 널려 있고 먼지와 연기가 가득 차 있었다. 실제 사고 현장이라기보다 영화 세트나 게임 속 같았다. 당연히 진짜는 아니었다. 실제 사고 현장엔 둘이 서서 걸을 수 있을 정도로 넉넉한 공간이 없었다. 이것은 교묘하게 연출된 인위적인 악몽이었다.

그들 앞에는 병원 환자복 위에 초록색 카디건을 걸친 한정혁 회장이 하얗게 빛나며 구부정한 자세로 서 있었다. 그 표정은 고통스러워 보였다. 자기가 만들어낸 지옥 안에서 몸부림치다 폭로된 남자의 얼굴이었다.

최강우는 옆을 훔쳐보았다. 김재인의 생령은 고대 판관의 조각상처럼 차가운 표정으로 회장을 노려보고 있었다. 사람 홀리는 천진난만한 미소를 지으며 현실주의와 타협의 가치를 논리적으로 설파하던 얼마 전의 김재인은 사라지고 없었다. 아니, 판관의 얼굴이 아니다. 저 매서움의 기반은 정의감이 아니었다. 결벽증과 기계적인 균형 감각이었다.

갑자기 모든 게 이해가 됐다. 김재인은 한정혁의 정신을 살리러 여기까지 온 게 아니었다. 죽이러, 지우러 온 것이다. 한정혁이 궤도 엘리베이터를 강간과 살인으로 더럽힌 세 변호사를 용납할 수 없었던 것처럼, 김재인도 한정혁의 대량 학살을 용납할 수 없었다. 궤도 엘리베이터는 아름답고 정갈해야 했고 한정혁이라는 얼룩은 사라져야 했다. 문명을 우주로 전파하는 통로를 통제하는 정신은 구차한 인간성으로부터 해방되어야 했다.

김재인이 며칠 전 둥지 안에서 제시한 그 평계들은 모두 한정혁 회장의 유령을 위한 연극이었다. 한 회장은 자신의 가장 좋고 현명한 부분들을 가져와 새로운 정신을 구성했을 것이다. 하지만 아무리 그 정신이 실제 자신보다 훌륭하고 아름답고 정갈하다고 해도 지상에서 벌어진 범죄와 욕망에서 자유로울 수는 없었다. 김재인은 시치미를 뚝 떼고 평형추의 유령을 해방시켜주는 척하며 들어와 지금까지 지상에서 모은 한정혁의 모든 죄를 폭로한 것이다. 아무리 불편한 기억을 잊고 있어도 유령 역시 한정혁이었기에 그 죄의 기억은 자석처럼 달라붙을 수밖에 없었다.

한정혁의 유령은 두 사람을 번갈아 바라보았다. 그 일그러진 얼굴은 기괴하게 아름답고 조금은 감동적이었다. 하지만 김재인은 반응하지 않았다. 이 아름다움과 진실성 역시 베르디 오페라의 아리아처럼 정교하게 연출된 것이라는 걸 모를 수가 없었다. 평형추의 디지털 유령에겐 자연스럽게 우러나오는 표정은 존재하지 않았고, 이런 것에 속기엔 김재인은 죽은 남자에 대해 너무 많이 알았다.

아가야. 난 네가 나를 죽이러 왔다는 걸 안다. 하지만 다시 와서 반갑구나.

회장이 말했다. 그 얼굴에는 씁쓸하지만 한없이 달콤한 미소가 담겨 있었다. 한정혁이 저런 미소를 지을 수 있을 것이라고 세상 누가 상상할 수 있었을까. 진실되었지만 오직 연출이기에 가능한 표정이었다.

한 회장은 왼손을 들었다. 손에는 지저분한 스티커

가 붙어 있는 커다란 장난감 광선총이 들려 있었다. 몇 분 전 두 사람이 거친 어린 시절 어딘가에 놓여 있었을 법한 물건이다. 회장은 작별 인사를 하듯 광선총을 깃발처럼 가볍게 한 번 흔들더니 총구를 입에 넣고 방아쇠를 당겼다.

그 순간 한 회장은 폭발했다. 노인의 유령을 구성했던 모든 사고와 기억들은 조각조각 부서졌다. 조각난 잔해는 나비 떼처럼 진공 속을 날다가 녹아버렸다.

## 대체로 그럴싸한 거짓말

"윈스턴 황의 본명은 데이먼 추입니다. LK스페이스 대외업무부의 직원입니다만, 재택근무자여서 저도 직접 만나본 적은 없습니다."

나는 스크린 너머에서 의심스러운 눈으로 나를 째려보는 스텔라 시와툴라 국장에게 말한다. 저 표정이 기껏해야 대기업의 졸개에 불과한 나 같은 인간들에 대한 습관적 경멸의 반영인지, 아니면 뭔가 다른 것을 품고 있는지 궁금하다. 나는 저 사람이 15년 전 내가 다른 얼굴과 신분을 갖고 있었을 때 만났던 걸 지금도 기억하고 있는지 궁금하지만, 지금은 그런 데에 신경을 쓸 여유가 없다.

"이런 사원이 한둘이 아니지요. 일만 제대로 하고 책임만 질 수 있다면 그 사람이 어디에 있건 그게 무슨 상관이겠습니까."

나는 시치미를 떼고 말을 잇는다.

"유진 황의 신분으로 들어온 공범의 정체는 아직 밝혀지지 않았습니다. 경찰이 조사하고 있는데 아무래도 전문가에 의해 신분 세탁을 받은 것 같습니다.

생전에 한정혁 회장은 회사를 거치지 않고 데이먼 추를 개인 비서처럼 부렸던 것 같습니다. 구체적으로 어떤 일을 시켰는지는 모르겠습니다만, 이 사람은 회장 소유로 추정되는 상당량의 예술품과 가구들을 반다르스리브가완의 H&H 창고임대사 컨테이너에 보관하고 있었습니다. 상당수는 장물로 확인되었고 일부는 이미 원래 주인에게 돌아갔습니다. LK에서는 다른 물건들도 원래 자리로 돌아갈 수 있도록 인도네시아 경찰과 협조하고 있습니다.

지금까지 상황을 종합해보면, 데이먼 추는 죽은 한 회장이 가치 있는 어떤 물건이나 정보를 궤도 엘리베이터의 평형추에 숨겼다고, 자신이 그것의 위치를 안다고 생각했던 것 같습니다. 이 정보를 어디에서 얻었는지, 그것이 사실인지는 확인하지 못했습니다. 하지만 인질 사건 전에 인출된 15만 국제크레딧의 현금이 그 비용으로 지불되었을 가능성이 높습니다.

데이먼 추가 평형추에서 무엇을 찾았는지는 확인하지 못했습니다. 하지만 확실한 건 평형추에 도착하고 한 시간도 되지 않아 비상용 우주선으로 탈출했다는 것입니다. 우주선은 인도양에 착수했고 회사에서 회수했는데, 승무원은 이미 탈출한 뒤였습니다. 평형추의 로봇들이 보내온 정보를 통해 위에서 어떤 일이 일어났는지 확인하려 하고 있습니다만, 결과에 대해서는 회의적입니다. 그곳은 인간 범죄에 대비가 되어 있는 곳이 아닙니다.

유진 황의 이름을 쓴 공범은 데이먼 추가 평형추에 도착한 즉시 두 번째 스파이더로 탈출했습니다. 스파이더는 42킬로미터 상공에서 문이 한 번 열렸다 닫혔습니다. 범인은 1인용 비행체를 타고 탈출했다고 추정하고 있습니다. 스파이더는 경찰에 인계했고 지금 조사 중입니다."

거짓말은 별로 없다. 유진 황의 신분은 전문가, 그러니까 나에 의해 세탁되었다. 스파이더는 정말로 42

킬로미터 상공에서 한 번 열렸고 평형추 안에 버려져 있던 고장 난 비행로봇을 떨구었다. 로봇은 태평양 상공 10미터 높이까지 아슬아슬하게 비행하다가 열두 조각으로 분해되어 바닷속으로 사라졌다. 비상용 우주선을 이용해 최강우를 구출하는 트릭은 조금 까다로웠다. 아무래도 우주경찰이 주시하고 있었으니까. 하지만 수막 그라스캄프는 거의 모든 사태에 맞는 마술 도구를 갖고 있었다.

"인질극 초기에 벌어진 소동에 대해서는 여전히 조사 중입니다. 일단 문제가 된 레일건은 사망한 보안부의 알렉산더 타마키 부장이 작동하려 한 것으로 추정됩니다. 당시 데이먼 추가 탄 스파이더를 막으려 한 사람들은 모두 울프팩이라는 별명으로 불리는 타마키 부장의 직속 부하들로, 어떤 일이 있어도 스파이더를 저지해야 한다는 명령을 받았다고 합니다. 그 상황에서 그렇게 과잉 공격을 한 이유에 대해서는 아직 수사 중입니다. 인터넷에 도는 음모론들은 너무 믿지 마시기 바랍니다. 우리가 아직 아는 게 없다고 하면 진짜로 없는 겁니다."

그 음모론 대부분은 우리가 만든 것이다. 그중에는

내가 공식적으로 채택되길 바라는 이야기들도 몇 개 섞여 있다. 어느 것이 최종 정답이 될 것인지는 아직 결정하지 못했다. 나로서는 타마키와 일당들에게 최선의 결말을 주고 싶다. 그들의 명예가 심각하게 손상되지 않고 사람들이 우리를 미심쩍게 보지 않을 그런 결말을.

시와툴라 국장의 끈질긴 질문이 이어진다. 평범해 보이지만 내가 실수로 걸려 넘어질 수도 있는 자잘한 함정이 숨겨진 그런 질문들. 그리고 그 함정이 나타날 때마다 내 웜과 연결된 김재인의 웜이 신호를 보낸다. 가장 아슬아슬한 부분은 이번 인질 사건과 네베루 오쇼네시의 연관성에 대한 것이다. 나는 아는 바가 없다고 잡아뗀다. 모든 질문에 대한 답을 갖고 있다면 수상쩍어 보일 뿐이다.

마침내 마지막 질문과 마주친 나는 눈앞에 한 줄씩 나타나는 자막을 로봇처럼 또박또박 읽는다.

"인질이 되었던 김재인 소장은 무사합니다. 인질극 초기부터 파라 와르다니 간호사와 함께 감금되어 있었고 이후로는 인질범과의 접촉이 없었습니다. 이에 대해서는 파라 간호사의 직접 증언을 참고하시기 바랍니다. 지금까지의 정보를 종합해보았을 때 김 소장에게 위해를 가하는 것이 목표가 아니었다는 것은 확실합니다. 데이먼 추가 평형추에 도달하기 전까지 시간을 벌기 위한 술수 이상도 이하도 아니었겠지요. 그동안 유진 황은 자신이 둥지 안에 있는 것처럼 보이기 위해 속임수를 썼지만 그건 얼마든지 스파이더 안에서 조작할 수 있는 것이었습니다. 스파이더 안엔 분명 두 명이 탔습니다.

다른 질문 있습니까?"

## 그러면 우리도
## 땅 위에 남아 있으리라

"기억을 못 한대."

"뭘?"

"김재인의 얼굴을."

"그게 무슨 소리야?"

수막 그라스캄프는 얼굴을 찡그린다.

"말 그대로야. 김재인 얼굴이 기억이 안 난대. 그동안 일은 다 기억이 나는데, 김재인 얼굴만 잊어버렸대. 사진을 보여줬는데, 낯설대. 처음 보는 얼굴이고 아무런 감정도 안 느껴진대. 뇌가 이런 식으로 망가질 수 있나? 한 회장의 유령이 죽어갈 때 갑자기 머리 한구석이 폭발하는 것 같았다고 하던데."

"김재인의 얼굴만 잊는 게 무슨 의미가 있겠어?"

"그 사람은 누가 자길 그런 식으로 좋아하는 걸 싫어해. 사랑을 차단할 수는 없지만, 사랑하는 걸 귀찮게 할 수는 있지."

수막 그라스캄프와 나는 물에 잠긴 구시가지 옆 해변을 걷고 있다. 날은 오래전에 어두워졌고 밤공기는 서늘하다. 이틀 동안 우리 둘은 유진 황의 시체를 만드느라 바빴다. 이런다고 사건이 해결되었다고 믿는 사람은 없겠지만 그래도 인도네시아 경찰이 체면을 차릴 구석은 마련해주어야 한다. 데이먼 추는 실종으로 마무리 지을 생각이다. 나는 언제나 D. B. 쿠퍼의 이야기를 좋아했다. 정체가 무엇인지 아무도 모르는 물건을 강탈하기 위해 우주 저편으로 날아갔다가 사라진 남자. D. B. 쿠퍼 이야기보다 더 근사하다. 내가 지은 이야기가 아니라는 게 아쉬울 정도다. 이 이야기는 상황 속에서 스스로 만들어졌다.

유진 황의 이야기도 나름 멋있긴 하다. 하지만 내 밀실 탈출 트릭의 답은 시시하다. 경찰이 들어왔을 때 나는 내장으로 연결된 수많은 통로 중 하나로 빠져나갔다. 김재인의 명령을 받은 파투산 AI가 내 탈출을 모른 척해주었기 때문에 나는 투명인간처럼 벗어날 수 있었다. 인질극이 벌어지는 동안 내 아바타는 썩 그럴싸하게 대응했고 모자란 부분은 미리암 안드레타가 커버했기 때문에 대부분 사람들은 내 부재를 눈치채지 못했다. 눈치챈 사람이 있다고 해도 이들의 주장을 헛소리처럼 들리게 만드는 게 우리의 일이다.

"왜 김재인이 사람들을 귀찮아하는지 조금 알 것 같아."

나는 말을 잇는다.

"평형추 위에서 최강우는 몇 초 동안 김재인의 마음속으로 들어갔었대. 김재인은 우리가 상상할 수 있는 것 이상으로 궤도 엘리베이터의 AI들과 밀접하게 연결되어 있었고 그 안에서 변화하고 있었대. 녀석이 웜에 텔레파시 기능이 달린 것처럼 김재인의 마음에 들어갈 수 있었던 것도 그 때문이었고. 이미 정신의 상당 부분이 AI의 영역으로 퍼져 있었던 거지.

최강우가 느낀 건 쾌락이었어. 잘 조율된 아름답고 거대하고 복잡한 기계의 일부가 되었을 때 느낄 수 있는 격렬한 쾌락 말이야. 그게 너무 격렬하고 장엄

해서 인간들의 감각과 감정은 하찮게 느껴지더래. 그리고 그건 익숙한 쾌락이었대. 희미하지만 한 회장의 기억에도 어느 정도 남아 있었지. 녀석이 평형추에서 본 건 의외로 치정극의 결말이었을지도 몰라."

"궤도 엘리베이터를 가운데에 둔 삼각관계?"

"인간은 온전히 이해할 수 없는 관계인데 표면적으로는 스토리가 완결되는 것처럼 보이기 때문에 우리가 거기서 멈추는 것인지도 몰라. 하여간 그 단계로 자신의 지평을 넓힌 사람이라면 인간의 욕망과 감정이 귀찮을 수밖에 없지 않을까. 나는 죽어도 그 단계까지 가고 싶은 생각이 없지만."

"그래서 그 친구는 어떻게 할 거래?"

"김재인을 사랑하는 걸 멈추지 않을 거래. 그게 멈춰지는 게 아니래. 하지만 이야기는 여기서 끝이지. 김재인은 최강우와 엮일 생각이 티끌만큼도 없으니까. 최강우도 그런 기대는 없고. 그냥 멀리서 조용하고 끈질기게 사랑하는 거지. 얼굴을 잊어버린 여자를. 그리고 녀석은 알리사로 갈 거야. 김재인이 코스토마료프에게 추천서를 써주었지. 녀석에겐 알리사가 LK보다 맞을 거야. 누나가 완치되면 데자토리스 3호를 타고 화성으로 갈걸."

　이야기가 끊긴다. 우리는 말없이 셔틀선과 그린페어리의 위그선이 기다리고 있는 항구를 향해 걷는다. 타마키의 죽음과 함께 보안부가 내파된 상태이기 때문에, 그라스캄프는 이 틈을 노릴 계획이다. 어차피 그린페어리는 8년 전까지 LK의 일을 맡았으니 지금 다시 하지 못하리라는 법도 없다. 이 계획이 성사된다면 보안부를 대체할 그린페어리의 하부 조직은 대외업무부 밑으로 들어가게 된다. 어차피 곧 회사를 떠날 나야 상관할 일이 아니지만 내 자리를 물려받을 미리암은 좋아하겠지. 두목이 된 뒤 내가 엮인 일들에 지나치게 궁금해하지 않길 바랄 뿐이다.

　한수현은 로스 리가 남긴 빈자리를 노리고 작업 중이다. 어느 정도 희생을 각오한다면 재벌금지법을 피해 직접 LK 총수가 되는 것도 불가능하지는 않겠지만 그럴 생각까지는 없는 것 같고, 아마 말 잘 듣는 다음 허수아비를 찾겠지.

　하지만 지금 그게 무슨 의미가 있을까. LK는 이미 인간들의 정치에서 벗어나기 시작했다. 곧 이 사람들도 자기네들이 회사 AI의 꼭두각시 노릇을 하고 있다는 걸 깨닫게 되겠지. 인간의 자유의지란 게 그렇게 하찮은 것이다.

타마키에 대해서는 잘 모르겠다. 우리는 종종 얄팍하다고 생각한 사람들에게서 뜻밖의 깊이를 보고 당황하곤 한다. 타마키도 그 경우가 아니었을까. 한 회장의 죽음 이후 로스 리와 한수현 사이를 오가면서 평형추 어딘가에 인류의 운명을 좌우하는 러브크래프트적인 괴물이 있고 그것이 깨어나는 것을 반드시 막아야 한다고 믿었을지도 모른다. 세속적인 사람들도 희생적이 될 수 있다. 그들은 자신이 사는 세상이 바뀌는 걸 원치 않는다. 그들이 당연시하는 일상적이고 진부한 욕망과 쾌락이 영원히 이어지길 바란다. 그것이 그들이 추구하는 불멸인 것이다. 내가 녀석을 놀릴 자격이 있을까? 타마키의 선택이 맞고 내가 다가올 종말을 위해 문을 열어젖힌 것일 수도 있다. 김재인이 평형추에서 벌인 일은 어떤 식으로도 해석할 수 있다. 한 회장의 유령을 죽였다는 말은 평형추에 있는 어떤 존재를 한 회장의 빙의로부터 해방시켰다는 말일 수도 있는 것이다. 그 가설이 맞다고 치자. 그 해방된 야수는 지금 지구를 어떤 눈으로 올려다보고 있을까.

　파티마 벨라스코의 음악이 들린다. 빛나는 노란 별이 구름을 뚫고 느릿하게 하늘로 올라간다. 인질극 때문에 잠시 중단되었던 엘리베이터의 운행이 재개된 것이다. 우리는 우두커니 서서 별이 구름 속으로 사라질 때까지 바라보다 다시 걷는다. 그대들은 하늘로 가시게, 우리에겐 지상의 일이 있으니.

# 트라피스트-1e, 지구로부터 39.6광년 저편

플로와 비는 작동하지 않았다. 살아 움직이는 건 오직 루뿐이었다. 자매들을 되살리려는 시도를 잠시 멈춘 루는 부서진 문을 비틀어 열었다. 떨어진 문은 바깥에서 부는 격렬한 바람에 쓸려 15미터 저편으로 날아가 얇은 얼음이 깔린 진흙탕 속에 박혔다.

루는 LK의 로고가 찍힌 연결된 상자 두 개를 끌고 진흙탕에 반쯤 묻힌 착륙선에서 빠져나왔다. 삼십 분 동안 고군분투한 끝에 로봇은 착륙선이 추락한 진흙탕에서 간신히 벗어났다.

루는 붉은 절벽 밑에 상자들을 놓고 뒤를 돌아다보았다. 깨진 얼음들이 부딪히며 쿵쿵거리는 소리를 내는 바다와 그 위로 살짝 고개를 내민 오렌지빛 항성. 검붉은 구름 덩어리는 저속 촬영한 영화 속 장면처럼 무시무시한 속도로 움직였고 그 사이로 어처구니없이 커 보이는 이웃 행성들이 나타났다 사라졌다를 반복했다.

루는 바람이 비교적 덜 부는 지점을 찾아 카메라를 설치하고 자기 사진을 찍었다. 카메라는 금속 갑옷을 입은 다리 여섯 개 달린 동그란 로봇의 모습을 전송했다. 그 모습은 마치 얼어붙은 해파리처럼 보였다. 뒤로는 반파된 원반형 착륙선이 희미하게 보였다. 더 잘할 수 있었을 것이다. 하지만 이 행성의 폭풍 속에서 완벽한 착륙을 기대하는 건 무리였다. 그리고 추락의 경험은 표준력으로 3년 뒤에 도착할 자매들에게 유익한 정보가 될 것이다.

루는 상자들을 끌고 절벽 옆에 있는 언덕을 따라 올라갔다. 30미터를 오르자 대륙 반대편이 시야에 들어왔다. 붉은 바위들로 이루어진 언덕과 계곡들이 보였다. 루는 상자 두 개를 끌고 이 길 없는 황무지를 통과해야 했다. 목적지인 두 번째 착륙지는 310킬로미터 떨어진 곳에 있었다. 그때까지 상자들 밑에 달린 스마트 휠이 버텨줄지 자신이 없었다. 무서웠다.

찰랑거리는 하프시코드 음악 소리가 들렸다. 루는 소리가 난 지점 방향에 있는 눈을 열었다. 흐릿한 보라색 파자마를 입고 같은 색 토끼 슬리퍼를 신은 여자가 양쪽 바지 주머니에 손을 쑤셔 넣고 서서 로봇을 바라보고 있었다. 포니테일과 이마 위의 잔머리가 트라피스트-1e의 거친 바람에 휘날렸다.

"플로와 비는 아직 죽지 않았어."

유령이 말했다.

"하지만 지금은 어쩔 수 없어. 살리려면 두 번째 착륙선에서 부품을 가지고 다시 돌아와야 해."

루가 대답했다.

루는 유령에게 누구냐고 묻지 않았다. 로봇들의 세계에서 인사와 통성명은 별 의미가 없다. 중요한 질문은 다른 것이었다. 이 세계의 모든 것에는 존재 이유가 있다. 그것이 파자마를 입은 인간 모습을 한 유령이라도.

"당신은 여기서 무엇을 할 수 있어?"

루가 물었다.

유령은 바람에 쓸리는 잔머리를 뒤로 넘기고 몸을

한 번 부르르 떨더니 심드렁한 목소리로 대답했다.

"너랑 같이 걸어줄게."

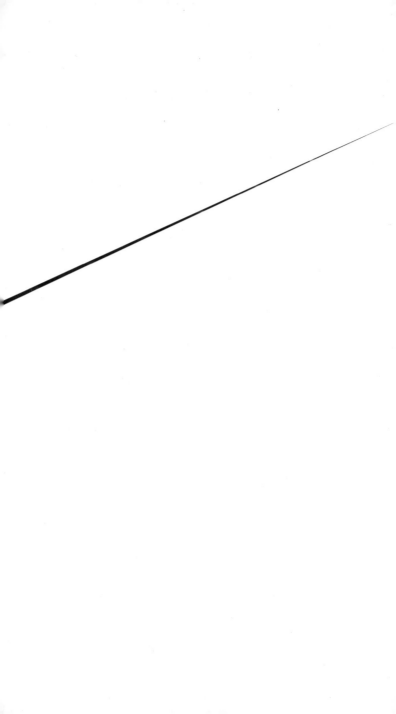

**지은이..듀나**

소설가이자 영화평론가다.

장편소설 《아르카디아에도 나는 있었다》《민트의 세계》《제저벨》을 펴냈으며, 소설집은 《두 번째 유모》《구부전》《브로콜리 평원의 혈투》《태평양 횡단특급》《면세구역》《아직은 신이 아니야》 등이 있다.

**표지그림..장종완**

Goddess, 종이에 색연필, 72×51cm, 2016

불가능하고도 가능한 세계
포비든 플래닛 FORBIDDEN PLANET

**평형추**

1판 1쇄 찍음 2021년 1월 25일
1판 1쇄 펴냄 2021년 2월 10일

**지은이** 듀나
**펴낸이** 안지미
**편집** 유승재
**디자인** 안지미 이은주
**제작처** 공간

**펴낸곳** (주)알마
**출판등록** 2006년 6월 22일 제2013-000266호
**주소** 04056 서울시 마포구 신촌로4길 5-13, 3층
**전화** 02.324.3800 판매 02.324.2846 편집
**전송** 02.324.1144

**전자우편** alma@almabook.com
**페이스북** /almabooks
**트위터** @alma_books
**인스타그램** @alma_books

**ISBN** 979-11-5992-327-2 04800
**ISBN** 979-11-5992-246-6 (세트)

**알마**는 아이쿱생협과 더불어 협동조합의 가치를 실천하는 출판사입니다.

종이 표지_크리에이티브보드 120g/㎡ 본문_그린라이트 80g/㎡